君を愛することはできないと言われたので猫を愛でることにしました

黒猫さんをもふもふしていたら、あら？　旦那様のご様子が…？

JN228485

中村くらら

illustration まち

ICHIJINSHA IRIS NEO

CONTENTS

この作品はフィクションです。
実際の人物・団体・事件などには関係ありません。

君を愛することはできないと言われたので猫を愛でることにしました　黒猫さんをもふもふしていたら、あら？　旦那様のご様子が…？

第一章　出逢い

大聖堂の扉が、重々しい音を立ててゆっくりと開かれた。

それを合図にパイプオルガンが入場曲を奏で始める。押し寄せる荘厳な音の波が、扉の前に立つリゼットの体の芯を震わせた。

（ついに始まってしまったわ……）

リゼットは忙《せわ》しない鼓動を宥《なだ》めるように胸に手を当て、密《ひそ》かに一つ深呼吸した。

前に進まないという選択肢はない。背筋を伸ばし、腹に力を込めて、そろりと一歩目を踏み出した。

中に入るや否や、冷たさを感じるほどの厳粛な空気に包まれる。思わず足を止めそうになったが、エスコートする父の腕がそれを許さない。危うくよろめきそうになったのをどうにかこらえた。

きらびやかな音色が鳴り響く中、父であるドゥーセ伯爵のエスコートでしずしずと進むのはバージンロード。

左右の壁にはめ込まれたステンドグラスから降り注ぐ光の粒が、大理石の床を幻想的な色に染めている。このグランデ王国で最も美しいと賞賛されるステンドグラス。けれど、今のリゼットにそれを鑑賞する心の余裕はなかった。

一歩、また一歩。歩みを進めるのに伴い、うつむく視線の先で純白のドレスの裾がひらひらと揺れる。

滑らかなシルクで仕立てられた清楚《せいそ》なAラインのドレス。スズランをモチーフとした刺繍《ししゅう》レースが、ほっそりとした首からデコルテにかけての素肌を上品に覆い、リゼットの清純さを引き立てている。薄茶色の髪と顔を覆い隠す花嫁のヴェールも、淡く光を発するかのように白く美しい。

王妃殿下御用達《ごようたし》の仕立て屋が最高級の素材を惜しげもなく用いて作り上げたそのウェディングドレスは、婚約の成立からわずか二ヵ月で仕立てられたとは思えない、それは見事なものだった。

花嫁であれば誰もがうっとりと見惚《みほ》れ、身にまとえばたちまち最高の幸福に包まれるはずの、美しいウェディングドレス。けれど、バージンロードを歩くリゼットの胸のドキドキは、決して幸せの予感ゆえではなかった。

（こんな畏れ多い場所で結婚式だなんて……）

グランデ王国の王城内に古くから建つ由緒正しき大聖堂。王族の結婚式や葬儀に使用されるこの大聖堂は、本来、一介の伯爵令嬢が結婚式を挙げられるような場所ではない。王家から特別に許可されて、今日のこの結婚式は執り行われているのだ。

（それに……）

緊張の理由はそれだけではなかった。

この日の式には、新郎側の意向で、双方のごく近しい親族のみが参列している。リゼットの両親であるドゥーセ伯爵夫妻は、この特別な結婚式を親類縁者に披露できないことが大いに不満な様子だったが、注目を浴び慣れていないリゼットにとって、参列者が少ないのはむしろありがたいことだった。

ただし問題はその顔ぶれだ。

リゼットはレースのヴェール越しに、左手に設けられた新婦側の親族席をちらりと見やる。

母であるドゥーセ伯爵夫人は、娘の粗《あら》を見逃すまいとでも考えているような厳しい目つきで、二つ年上の兄マチアスはいつになく真面目《まじめ》くさった表情で、それぞれ花嫁の入場を見守っている。一つ年下の妹ミシェルは、花嫁に張り合うかのようにフリルたっぷりの華やかなドレスをまとい、どこかつまらなそうに指先を弄んでいる。

自分の家族だというのに、こうして注視されると居心地《いごこち》の悪さを感じずにはいられない。けれどそれも、新郎側の親族として参列している二人の人物からの視線に比べればどうということはなかった。

リゼットはそちらにも目をやろうとして、けれど直視できずにすぐさま視線を足元に戻した。

（ああ、畏れ多いにもほどがある……！）

ほんの一瞬、視界の端に映っただけで、そのただびとならぬ気配に圧倒される。ゆったりと威厳を漂わせながら腰掛けているのは、このグランデ王国の国王ファビアンと、王妃エレノーラである。

さして有力というわけでもないドゥーセ伯爵家。その娘にすぎないリゼットにとって、まさしく雲の上の存在だ。夜会やお茶会で遠目に姿を拝んだことがある程度、それも片手で足りるほどの回数である。

そんな国王夫妻が自分の結婚式に参列しているだなんて、考えただけで胃のあたりがキュッと縮む思いがする。夢でも見ているのではないかという気になるが、そもそもこの結婚自体、リゼットにはいまだ現実のこととは思えないでいるのだった。

リゼットも年頃の娘らしく、結婚式というものにそれなりの憧れを抱いていた。けれど、わずか半年前に思い描いていた結婚式とは何もかもが違っている。

式場も、ドレスも、そして花婿さえも。

（こんなことになるなんて、二ヵ月前までは思いもしなかった……）

二ヵ月前に突如降って湧いた結婚話。畏れ多くも王家専用の大聖堂で結婚式を執り行い、そこに国王夫妻が参列しているのは、新郎、つまりリゼットの夫となる男が、国王陛下の歳の離れた弟君だからである。

リゼットは顔をうつむけたまま若草色の瞳をそっと上げ、バージンロードの先をうかがった。

真正面に見えるのは、信仰の象徴である女神の像。建国神話で語られる女神は、グランデの民をこの地に導き、不思議な力をもって不毛の大地に実りをもたらしたと伝えられている。その柔らかな表情と、胸に赤子を抱いているかのようにゆるやかに弧を描く両腕は、民への慈愛を現しているとされる。

その女神像の前に、こちらに背を向けて立つ男がいる。

（この方が……）

黒のタキシードをまとう後ろ姿はすらりと背が高い。首筋にかかるほどの長さの髪は艶やかな漆黒。

リゼットの鼓動がいっそう速さを増す。

（私の旦那様になる方……）

自身の夫となる男の顔を、リゼットはいまだに知らない。二ヵ月前、王命により突然婚約者となったこの青年と、リゼットは今日この時まで一度も顔を合わせたことがないのだ。

（どんな方なのかしら……）

新郎についてリゼットが知っていることは少ない。アルベール・シャトランという名前。王弟にして公爵家当主という、伯爵家の娘には分不相応な身分であるということ。リゼットより七つ年上の二十五歳であること。それから、いくつかの良くない噂《うわさ》。

『公爵様はとんでもない人嫌いで、めったに人前に出てこないんですって。たまに姿を見せても鉄仮面のように無表情で他人を寄せ付けないって聞いたわ。王家主催の夜会にすら出席しない変わり者という噂よ。お姉様との婚約も、国王陛下のご命令で渋々承諾したんですって。そんな人に嫁がなきゃいけないだなんて、お姉様が可哀想《かわいそう》……』

リゼットの婚約が決まって間もない頃、社交好きの妹ミシェルがお茶会で仕入れてきた噂話。同情的な言葉とはうらはらに、どこか嬉《うれ》しそうに弾んだミシェルの声が、脳裏によみがえる。それを頭の中から追い出すように、リゼットは深く息を吐き出した。

（噂は噂。本当のこととは限らない。鵜呑《うの》みにするべきではないわ……）

そう自分に言い聞かせても、アルベールの後ろ姿が近づくにつれ、嫌でも動悸《どうき》は激しさを増し、指先は冷たくなっていく。ついにバージンロードを歩き終え、アルベールの左隣に立ったときには、リゼットの緊張は最高潮に達していた。

パイプオルガンの演奏が終わる。その余韻が消えるのを待って、新郎新婦の前に立つ初老の神官が、聖典の一節を朗々と読み上げ始めた。けれど、結婚式で定番の祝いの聖句は、リゼットの耳を右から左へと抜けていく。

　手を伸ばせば届く距離に、夫となる人がいる。正面を向いたまま、まるで彫像のように微動だにしない男。真横に立つ彼の顔を見ることはできない。リゼットは震えそうになる両手で、ブーケをぎゅっと握りしめた。

　やがて聖句の朗読が終わり、神官が改めて新郎新婦に向き直った。

「新郎、アルベール・シャトランよ」

　隣で男がかすかに身じろぎする気配があった。

「あなたは女神の名のもとに、新婦リゼット・ドゥーセを妻とし、病めるときも健やかなるときも、悲しみのときも喜びのときも、この者を愛し敬い、その命のある限り心を尽くすことを誓いますか？」

「……」

　しん、と沈黙が流れた。新婦側の親族席からは戸惑いの気配が、新郎側の親族席からは圧のこもった鋭い視線が感じられる。

　横を振り仰ぎたい気持ちをこらえ、ハラハラしながらうつむいていると、神官がひそひそ声で、「アルベール様、お返事を」と促した。

　小さなため息が右隣から漏れ聞こえた。

「……誓います」

　さらにわずかな沈黙の後に発せられた言葉に、リゼットは無意識に止めていた息をそっと吐き出した。

　初めて耳にするアルベールの声。それは低すぎず涼やかで、そして何の感情も読み取れない平淡なものだった。すぅっと、リゼットの頭が冷えていく。

（……やっぱり、この結婚に不服でいらっしゃるのだわ。だけど、国王陛下と王妃殿下の御前で結婚式を台無しにするつもりはないみたい……）

　冷静にそんなことを考えていると、安堵《あんど》した様子の神官が、今度はリゼットに向き直り、先ほどと同じ問いを発した。

（もちろん台無しになんてできるわけないもの。覚悟を決めるのよ……）

　密かに深く息を吸い込み、それと一緒にためらいの気持ちを飲み込んだ。

「はい、誓います」

　震えないよう慎重に、静かな声で答えると、神官は満足そうにうなずき、聖典を恭しく両手で捧《ささ》げ持った。

「それでは、我らが母なる女神の御前にて誓いの口づけを」

　ドキリと、落ち着きかけていた心臓が再び跳ねた。

（ほ、本当にする、のよね……？）

　リゼットは生まれてこの方、貞淑さが良しとされる貴族令嬢として真面目に生きてきた。身近な男性といえば家族くらいのもので、異性と親しく付き合った経験などもちろんない。アルベールの前に婚約を結んだ相手がいたが、口づけどころか、エスコートやダンス以外で手を握ったことすらなかった。

人生初めてのキスを、初対面の男と交わそうというのだ。しかも両家の親族が見守る前で。緊張するなという方が無理だ。

ドキドキしながら固まっていると、時が止まったかのように動かない新郎新婦に焦《じ》れた神官から、またもやひそひそと声がかかった。

「お二人とも、向かい合ってくだされ」

「は、はいっ」

思わず返事をしてしまってから、ぎくしゃくとした動きで体を右側に向ければ、同じく体の向きを変えたアルベールと見合う形になった。

「アルベール様、花嫁様のヴェールを」

新郎新婦に任せていては話が進まないと悟ったらしい神官が、続けて指示を飛ばしてくる。その声に操られるようにアルベールの両手が動き、ぎこちなく花嫁のヴェールを上げた。

つられて顔を上げたリゼットの視界に、初めて、夫となる男の姿があらわになった。思わず若草色の目を瞠《みは》り、息をのむ。

（なんて綺麗《きれい》な方なの……）

後ろに撫《な》でつけられた漆黒の髪は癖がなく艶やか。理知的な額に形の良い眉。涼やかな目元に長い睫毛《まつげ》。すっと通った鼻梁《びりょう》。薄い唇はほのかに色づいている。

これまで見たことがないような、美しい顔の男だった。国王ファビアンも御年四十にして美丈夫と讃《たた》えられる人物だが、アルベールの容姿はさらに麗しい。だが、溌剌《はつらつ》とした印象の兄王と違い、アルベールの美貌にはどこか影が感じられた。

(国王陛下が太陽だとすれば、この方はまるで月のよう……)

そんな印象を抱いたのは、アルベールの金の瞳ゆえかもしれない。月の光を集めて形作ったかのような金色は神秘的で、神々しささえ感じさせる。

惹《ひ》きつけられずにはいられない金の瞳。けれどその瞳は、リゼットを映すのを拒むかのように、わずかに逸《そ》らされていた。

「さ、誓いの口づけを。ほんの一瞬、もうこの際、額でも構いませぬゆえ」

懇願するように、神官が小声で言い募る。この結婚式をつつがなく終えたいという気持ちが一番強いのは、もしかするとこの初老の神官かもしれない。

額でもよいという言葉に、リゼットは心の中でホッとする。目の前に立つアルベールからも、どことなく安堵の気配が感じられた。

まもなく、どうやら覚悟を決めたらしいアルベールが、遠慮がちにリゼットの両肩に手を添えた。

またもや心臓が大きく跳ねる。美しい顔が近づいてきて、リゼットは思わず目を閉じた。

(わ……)

かすかな衣擦《きぬず》れの音。まるで全身の感覚がその一点に集中したかのように、額がムズムズする。

ゆっくりとアルベールの体温が近づいてくる気配があり、けれどそれはリゼットに触れる直前ですっと遠のいた。それと同時に、肩に触れていた手の感触も消える。

目を開けると、すでにアルベールは神官の方に向き直っていた。整った横顔からは、やはりどんな感情もうかがえない。

「誓いは成されました！」

唇が触れていないことに気づいていないのか、それとも気づかないふりをすることにしたのか、神官が高らかに宣言する。

「母なる女神の祝福を受け、ここにお二人の結婚は認められました！」

パチパチとまばらな拍手が起こった。場を盛り上げようとするかのように、パイプオルガンが華やかな曲を奏で始める。新郎新婦が退場する合図だ。

「……手を」

無表情のまま義務的に差し出された腕に、おずおずと手を添えた。

こうしてリゼットは、アルベール・シャトランの妻になった。

◇

結婚式を終えたリゼットは、王城の一室でウェディングドレスからデイドレスに着替え、アルベールと共に馬車に乗り込んだ。

腰の曲がった白髪《はくはつ》の御者が操る馬車で向かうのは、シャトラン公爵家のタウンハウスだ。結婚披露パーティーは行わない。これも新郎側の強い希望である。

「屋敷までは三十分くらいかかる」

淡々とそれだけを告げると、斜め向かいに座るアルベールは、リゼットから顔を背けるように窓の外に目をやった。その整った横顔は近寄りがたいほどに美しく、まるで作り物のように表情がない。

「はい……」

もう少し何か言わなければと口を開きかけたが気のきいたことも思い浮かばず、リゼットもまた無言で外を流れる景色《けしき》に意識を向けた。

ガラガラと音を立て、馬車は石畳の道を進む。窓の外を流れるプラタナスの並木は春の日差しを浴びて黄緑色の葉をきらめかせ、その木陰を足取り軽く人々が行き交う。そんなうららかな外の景色とは対照的に、二人きりの車内は重苦しい空気で満ちている。

馬車は新郎新婦と沈黙を乗せて走り続け、貴族の邸宅が立ち並ぶ区域の外れで速度をゆるめた。立派な門をくぐり、綺麗に手入れされた前庭を抜けて、玄関前で静かに停まる。

無言のまま差し出された手を借りて馬車を降り、リゼットは新しい住まいとなるシャトラン公爵邸を見上げた。

二階建てに屋根裏部屋と半地下を備えた、左右対称のシンプルなデザイン。優しいベージュ色をした漆喰《しっくい》の外壁には、植物を象《かたど》った浮き彫りが施されている。豪華さや派手さはないものの、もとは王族が住まう離宮として建てられたというだけあり、その佇《たたず》まいには品の良さが感じられた。

瀟洒《しょうしゃ》な、けれども公爵家のものにしてはこぢんまりとした屋敷を前に、新生活への期待と不安がいっそう高まる。

「こちらに」

「は、はいっ」

声をかけられて目線を戻すと、アルベールはすでに玄関へ続く外階段へと向かっていた。白い手摺《てす》りが優美な曲線を描く外階段に目を奪われつつ、リゼットは慌ててその背中を追う。

「おかえりなさいませ、アルベール様、奥様」

アルベールの後に続いて屋敷の中へ入ったリゼットは、出迎えに並んだ使用人達を見てわずかに目を見開いた。

（たったの三人……）

先頭で頭を下げるのは、執事らしき痩せた初老の男性。その後ろには、同じ年頃のふくよかな侍女らしき女性と、コックコートをまとった体格のよい中年の男性が並ぶ。

公爵家に勤める人数としては異常なほどに少ない。リゼットの実家の伯爵家ですら、常に二十人以上の使用人が働いているのだ。公爵家の使用人が三人だけとはとうてい思えなかった。

（歓迎されていない、ということよね……）

予想できたこととはいえ気持ちが沈んでしまう。

どんどん歩を進めるアルベールの背中を追い、足取り重く吹き抜けの玄関ホールを抜ける。案内されたのは応接間と思《おぼ》しき部屋だった。

「座ってくれ」

淡々と促され、応接セットのソファにアルベールと向かい合って腰掛ける。玄関ホールで見かけた侍女がお茶の支度をする間、リゼットは不躾《ぶしつけ》にならない程度にキョロキョロと辺りをうかがった。

外壁と同じく美しい浮き彫りが施された、白い漆喰の壁と天井。それを除けば室内に装飾は少なく、財力を誇示するような美術品の類いもほとんどない。屋敷の主《あるじ》であるアルベールは、そういったものにあまり関心がないのかもしれない。あちらこちらに絵画や壺《つぼ》が飾られている実家のドゥーセ伯爵邸とはずいぶん趣が異なるが、シンプルに品良く調えられた部屋は、リゼットの目にはむしろ好ましく映った。

応接間は庭園に面しており、大きな掃き出し窓から入る光で明るい。

だが、先ほどの馬車と同様、室内には重い沈黙が落ちていた。アルベールは口を開かず、リゼットもまた言葉を見つけることができず、侍女の手元から茶器の触れ合うささやかな音だけが聞こえてくる。

やがて、侍女が二人の間のローテーブルに紅茶を置き、一礼して下がると、部屋にはリゼットとアルベールの二人きりになった。

(何か、お話しになりたいことがおありなのだわ。使用人がいない場で……)

それが新婚の夫婦に似つかわしい甘い睦言《むつごと》でないことは、アルベールの固い表情から容易に察せられた。馬車の中から、いや、誓いの場で初めて顔を合わせたときから二人の間に横たわる、張り詰めたような緊張感。それが新婚ゆえの照れや初々しさとはまったく異質なものであることを、リゼットはほとんど確信的に感じ取っていた。

嫌な予感しかしない。うつむき、冷たい指先を膝の上でぎゅっと握った。

二人ともティーカップに手を伸ばさないまま、立ちのぼる湯気が消える頃になって、ようやくアルベールが口を開いた。

「すまないが、君を愛することはできない」

硬い声音で告げられ、リゼットは目を瞬いてアルベールを見た。ひやり、と胸元に氷の粒を投げ込まれたような心地になる。

「君も知ってのとおり、この結婚は国王陛下と王妃殿下の命によるものだ。たとえ不服があろうとも、直ちに離縁というわけにはいかない。三年の間に子ができなければ離縁も認められるだろうが、それまでは辛抱するよりほかない」

あらかじめ用意していたかのように、淀《よど》みなく淡々と紡がれる言葉。その間も、アルベールの視線はわずかに下を向き、リゼットを見ようとはしない。伏せられた長い睫毛が、滑らかな頬に淡い影を作っている。

その影をぼんやりと見つめながら、リゼットは自分でも驚くほど迅速に最初の衝撃から立ち直り、落ち着きを取り戻しつつあった。

（少しずつ、心の準備をしてきたからかもしれない……）

二ヵ月の婚約期間中に一度も会う機会を持てなかったこと。先ほどの結婚式での態度。アルベールがこの結婚を歓迎していないことは、とうに明らかだったから。

三年後の離縁。きっとそれがアルベールの望みなのだろう。

「その間、君には不自由のない生活を保証したいと思っている。必要なものがあれば執事のセバスチャンに言ってくれ。可能な限り融通しよう」

「……私がこの家でお役に立てることはありますでしょうか」

たとえ三年の期間限定とはいえ、公爵夫人になるのだ。求められる役割があるのなら応えなければならないと、生真面目なリゼットは考えていた。

アルベールはわずかに考えるそぶりを見せてから、「いや」と答えた。

「領地のことは管理人を置いて、定期的に報告させている。君が気にかける必要はない。家の中のことはセバスチャンと侍女のマーサに任せているから、何かあれば二人と相談して決めてくれ」

「……社交はいかがいたしましょう」

貴族の家の妻にとって最も大切な仕事は、跡継ぎを産むことと社交。リゼットはそう教えられて育ってきた。公爵夫人ともなれば、本来なら社交界の中心となるべき存在なのだが——。

「それも不要だ」

切って捨てるようにアルベールは言った。

「君も噂は耳にしているだろうが、俺は社交を一切しない。夜会にも茶会にも出たことはないし、この先もそれは同様だ。自分ができないことを君に求めはしない。もっとも、君が夜会などに出るのは君の自由だ。だが俺が同行することはないので、そのつもりでいてほしい」

アルベールが王家の夜会にすら出ないという噂は、どうやら本当のことらしい。

リゼットのそんな考えを読んだかのように、アルベールは自嘲ぎみに唇を歪《ゆが》めた。

「……君が俺のことをどう聞いているかはだいたい想像がつく。噂は概《おおむ》ね事実だ。君も俺のことには

構わず、好きにやってくれ。望むなら、愛人を作っても構わない。さすがに子どもは諦めてもらうしかないが――」

「そのようなお気遣いは無用に願いますわ」

穏やかに、けれどきっぱりと口を挟めば、アルベールの金の瞳が初めてリゼットに向けられた。満月を映したかのような瞳がわずかに見開かれ、そしてまたすぐに逸らされた。

「……そうか。気が変わったらいつでも言ってくれ。では俺はこれで失礼する」

そう言い残すと、アルベールはさっと立ち上がり部屋を出て行った。

静かに扉が閉まるのを見届け、リゼットは肩の力を抜く。ようやく口をつけた紅茶は、すっかりぬるくなっていた。

「……好きにやってくれ、と言われましても……」

天井を仰ぎ、残されたリゼットは一人そっと息を吐いた。

アルベールと入れ違いに応接間に入ってきたのは、出迎えのときに先頭にいた初老の執事だった。その後ろには、先ほどの侍女も控えている。

執事は礼儀正しい態度でセバスチャンと名乗ると、「奥様のお部屋へご案内いたします」と言った。

セバスチャンの後について階段をのぼり、二階の一室へと案内される。部屋に足を踏み入れたリゼットは、室内の明るさにわずかに目を眇《すが》めた。

「後ほど屋敷の中もご案内させていただきます」

セバスチャンが一礼して下がると、代わって侍女が前に出た。

「本日より奥様のお世話をさせていただきます。なんなりとお申し付けくださいませ」

侍女はふくよかな顔にえくぼを浮かべ、マーサと名乗った。リゼットもつられて微笑《ほほえ》みを返す。

「リゼットです。今日からお世話になります」

「まずはお部屋のご説明をさせていただきましょうね」

マーサの説明を聞きながら部屋の中を見て回る。

明るい陽射しの差し込む部屋は、先ほどの応接間と同様すっきりとしていながらも、女性らしい趣があった。爽やかなミントグリーンの壁紙は、白色で小鳥とアネモネの花が描かれたもの。カーテンは、厚みのある深緑色の布に金糸で植物柄の刺繍が施されている。応接セットのソファにはカーテンとお揃《そろ》いのデザインの布が張られており、座り心地が良さそうだ。白い石造りのマントルピースには、ガラスの花器に生けられた色とりどりのガーベラが彩りを添えている。

大きな掃き出し窓に近寄ってみると、窓の外にはさほど広くはないもののバルコニーがあり、そこから庭園を一望することができた。

「寝室は続きの間にございます」

こちらはさらに落ち着きのある内装だった。壁紙はベージュの地に緑とピンクでデイジーの葉と花が描かれた、品よく可愛《かわい》らしいデザインのもの。天蓋付きのベッドには清潔な白いシーツ。出窓の部分にはマホガニーのドレッサーが置かれている。

寝室の奥にはさらに化粧の間があり、リゼットが実家から持ち込んだドレスや装飾品が綺麗に収納されていた。

「内装や家具でお気に召さないところがございましたら自由に変えて構わないと、アルベール様から仰せつかっております」

「気に入らないところなんて何も。とても素敵なお部屋だわ」

ソファに腰掛けながらそう言うと、マーサは誇らしげに胸を反らせた。

「そう言っていただけて嬉しゅうございます。アルベール様のご指示で調えたのでございますよ」

「……旦那様の？」

意外に思い聞き返すと、マーサは「もちろんでございますとも」と目尻に皺《しわ》を寄せてうなずいた。

「さぁさ奥様、お疲れでございましょう？　お茶を淹《い》れ直しますので、まずはゆっくりなさってくださいませ」

言いながらマーサは、早くもお茶の支度に取り掛かっている。

「お腹《なか》は空いていらっしゃいませんか？　焼きたてのクッキーがございますよ」

そういえば朝早くに軽く食べて以来、何も口にしていないことを思い出す。結婚式の支度でそれどころではなく、昼食も食べそびれていたのだ。気づいた途端に空腹を感じ、お腹が小さくキュウと鳴った。

「ありがとう。そうね、少しいただこうかしら」

「かしこまりました。召し上がってくださると、コックのレミが喜びます。奥様にと、朝から張り切って準備しておりましたので」

「まあ、そうなの？」

　これまた思いもよらない言葉だった。マーサはティーポットを持つ手を止め、リゼットににこりと微笑みかけた。

「ええ。レミだけではございません。アルベール様のご婚約が決まったときから、わたくしども使用人一同、奥様がお越しになる日を、首を長くしてお待ちしていたのでございますよ。まぁ、一同と申しましても、住み込みでお仕えする者は四人しかおりませんけれど」

「えっ⁉」

　リゼットは目を丸くする。出迎えの使用人があまりにも少ないと思っていたが、なんとあれでほぼ全員が揃っていたことになる。

「四人というと……」

「執事のセバスチャン、コックのレミ、わたくし。それと、先ほど奥様達が乗って来られた馬車で御者を務めていたトマでございます」

　馬車の御者席に座っていた、小柄な猫背の男の姿を思い出す。帽子の裾から見えた髪の毛も顎髭《あごひげ》も真っ白。セバスチャンやマーサよりさらに年老いて見えた。

「トマは庭師も兼ねておりまして。あちらに飾っているお花も、今朝トマが選んだものなんですよ」

「そうなの……」

　改めてマントルピースに飾られたガーベラに目を向ける。ピンク、赤、黄色……色とりどりのガーベラ達は、見るだけで気持ちを明るくしてくれる。

「アルベール様は、おそばに大勢の使用人が仕えることを好まれないものですから……。ああ、でも、昼の間は他に通いの下働きの者が二十名ほどおりますので、奥様にご不便をおかけすることはございません。ご心配はなさらないでくださいませね」

マーサがそう補足する。「人嫌い」というアルベールの噂が脳裏をよぎった。

(てっきり歓迎されていないと思ったのだけど、そういうわけではないのかしら……？)

少なくとも目の前のお喋《しゃべ》りな侍女からは、明らかな親しみの感情が感じられる。執事のセバスチャンの接し方も、女主人に対するにふさわしい丁寧なものだった。それに、リゼットのために用意したのだというクッキーとガーベラ。首を長くして待っていた、というマーサの言葉に嘘《うそ》はないように思えた。

(だけど、先ほどの旦那様のご様子は、どう見たって私を歓迎しているようには思えなかったわ。いったいどういうことなのかしら……)

リゼットの戸惑いは深まるばかりだった。

◇

その日の夜更け、リゼットは自室で一人、背筋を伸ばしてソファに腰掛けていた。

手元に引き寄せたランプの灯《あか》りを頼りに、実家から持ってきたお気に入りの詩集のページをめくる。

カサリと紙の鳴る音だけが、静かな室内に落ちる。

身を包むのは真新しい夜着。滑らかな純白のシルク生地に、艶のある白の糸でベゴニアの花が刺繍されている。柔らかく波打つ薄茶色の髪はゆるく一つに編み、片側に流している。

あれから紅茶とクッキーで一休みしてから、セバスチャンに屋敷の中を案内してもらい、ダイニングルームで一人きりの夕食を済ませた。それからマーサの手を借りて湯あみをし、寝支度を整えたところである。

かすかなため息と共に詩集を閉じ、脇に置く。マーサの淹れてくれたハーブティーに口を付けながら、リゼットは夫となったばかりの男のことをぼんやりと思い浮かべた。

整った顔立ちに均整の取れた体つき。美しいが女性的なそれではなく、男性らしい凛々《りり》しさも兼ね備えた美貌の青年。

初めて相まみえたアルベールは、まるで物語の中の王子様のように麗しい姿をしていた。その口から紡がれる言葉がもっと柔らかなもので、口元に微笑みの一つでも浮かんでいたなら、恋愛ごとに疎いリゼットですらきっと頬を染めていたことだろう。

事実、アルベールは元王子様なのだ。現国王陛下の年の離れた弟君で、公爵家の若き当主。

高い身分に極上の容姿。普通であれば、貴婦人達が放ってはおくはずがない。だというのに、なぜかアルベールは二十五歳になるまで婚約もせず、独身を貫いていた。婚約成立後に妹のミシェルが集めてきた噂話の中にも、色めいた話は一つもなかったと記憶している。

そんなアルベールとリゼットが結婚することになったのは、突然の王命によるものであった。アルベールの兄夫婦である国王陛下と王妃殿下が、強引に推し進めたのだと聞いている。

アルベールにとっては不本意な結婚だったのだろう。リゼットに対する拒絶的な態度から、それは明らかだった。

君を愛することはできない。アルベールはそうリゼットに告げた後、その宣言を実行するかのように自室に引きこもり、夕食の場にも姿を現さなかった。

一応、初夜ということで薄化粧を施して新郎の訪れを待ってみたが、それも無駄に終わりそうだ。

(もう寝てしまってもいいわよね……)

虚《むな》しさと、わずかばかりの安堵を覚えながら、部屋の灯りを消そうとしたときだった。

コトリ、とバルコニーの方で小さな音が鳴った。

(風かしら……?)

カーテンを引き、掃き出し窓をほんの少し開けて目をこらす。ひんやりとした宵闇の中、何かが蠢《うごめ》く気配があった。

満月のように光る二つの目。

バルコニーの手すりの上、闇に溶け込むようにして、一匹の黒猫がいた。

「まあ!」

リゼットは目を輝かせ、それから慌てて口を両手で覆った。

(いけない、いけない。つい興奮して叫んでしまうところだったわ。急に大きな声を出したら猫さんをびっくりさせてしまう……)

案の定、黒猫は、警戒するように姿勢を低くして動きを止めている。

リゼットはゆっくりとその場にしゃがみ、声を潜めた。

「猫さん、猫さん。ねぇ、こちらに来ない？」

にこにこと片手を差し出すリゼットを、黒猫は瞬《まばた》きもせずに見ている。

「私ね、新婚の旦那様に初夜をすっぽかされてしまったの。代わりに猫さんが話し相手になってくれたら嬉しいのだけど……」

少しおどけた調子でそう言うと、黒猫の耳がピクリと動いた。

なおもじっとリゼットを見つめていた黒猫だったが、やがて音もなくバルコニーに降り立つと、そろそろとリゼットに歩み寄ってきた。

そのままリゼットの手をすり抜けるようにタタッと室内に入り込み、軽やかに一人掛けのソファに飛び乗った。長い尻尾《しっぽ》がくるんと脚の前に回される。

「ふふっ、ようこそ猫さん」

隣に腰掛けたい気持ちをぐっとこらえ、リゼットは向かいのソファに腰を下ろす。そうして、ドキドキと高鳴る胸を手で押さえながら小さな客を見つめた。

思わず見惚れてしまうような立派な猫だった。

艶のある黒い毛並みは触れてみたくなる美しさ。全身真っ黒な中、鼻の頭と耳の中だけ薄いピンク色なのが可愛らしい。油断なくリゼットを見つめる金色の瞳は瞳孔がまん丸に開いていて、これまたキュンとする愛らしさだ。

（ああもうっ、なんて可愛いのなんて可愛いのなんて可愛いのっ……！）

だらしなく頬がゆるんでいる自覚はあるが、どうにもならない。

リゼットは猫が大好きだ。それなのに実家の伯爵家では猫を飼うことが許されなかったから、猫との触れ合いに飢えている。

（今すぐに触ってみたい！　あのもふもふに思いっきり頬ずりしたい！　だけど……）

撫で回したい気持ちを必死で抑え込み、ぷるぷると身悶《みもだ》えする。

黒猫はあいかわらず警戒心たっぷりな様子で耳を外側に向け、リゼットから目を逸らさない。手を伸ばそうものなら、すぐさま逃げ出してしまうだろう。そして二度と訪れてくれないに違いない。

（まずは猫さんと仲良くならなくっちゃ……）

ふぅと一つ深呼吸をして、逸《はや》る気持ちを落ち着けた。

「ねぇ。猫さんはこのお屋敷で飼われているの？」

見たところ首輪はつけていないが、艶々の毛並みといい体格の良さといい、とても野良猫とは思えない。それに、黒髪に金の瞳のアルベールと同じ色彩を持つせいか、どことなく気品のようなものも感じられる。

「だとしたら猫さんは私の先輩ね。私も今日からこちらに住むことになったのよ。一応、公爵様の妻として、なのだけど……残念ながら妻の役割は求められていないみたい」

いわゆるお飾りの妻。いや、社交の場への同伴もないのだから、お飾りの役目すら期待されていない仮初めの妻だ。

落胆の気持ちがないと言えば嘘になる。けれどリゼットは、それと同じくらいの安堵も感じていた。

（はっきり言われたおかげで、私も旦那様に期待せずに済むもの。期待して叶《かな》わないのは、もうたくさん……）

それに、アルベールがリゼットを好ましく思えないのも無理はないと、リゼットはリゼットなりに自分を納得させている。

七年前、成人と同時に王位継承権を放棄し公爵位を賜ったアルベールは、めったに人前に姿を現さない人嫌いで知られている。王家主催の夜会にすら参加せず、公務も人と会わずに済むような裏方仕事ばかりを担当していると聞く。たまに人前に出てきたときにも無表情を貫き、お近づきになろうと群がる貴婦人達を寄せ付けない。

人嫌い、社交嫌い、欠陥王子、鉄仮面公爵。彼にはそんな、好意的とは言えない評価が常につきまとってきた。

ワケアリの王弟公爵。そのお相手に選ばれたリゼットもまた、それなりのワケアリだった。

ほんの三ヵ月前まで、リゼットには別の婚約者がいた。相手はジェローム伯爵家の嫡男ルシアン。ドゥーセ伯爵家の長女であるリゼットとは、家同士の意向で結ばれた婚約だった。

ところが婚約が成立してまもなく、ルシアンは別の女性と熱烈な恋に落ちた。よりによって、リゼットの一つ年下の妹、ミシェルと。

二人がすでにのっぴきならない関係に至っていることを知った両家の親達は、ルシアンの婚約者をミシェルにすげ替えることを決めた。元々、ドゥーセ領で採れる石材とジェローム領の木材を互いに優先的に融通し合うことを目的とした縁組みであり、リゼットが長女であったから選ばれただけで、ルシアンの相手がリゼットでなければならない必然性はなかった。

こうしてリゼットとルシアンとの婚約はわずか半年で解消され、新たにミシェルがルシアンの婚約者となった。真実の愛で結ばれた二人、そんな二人のために自ら身を引く心優しい姉、という美談と共に。

けれど、噂話に飢えた社交界の人々がそんな作り物の美談を言葉どおりに受け取るはずもなく。リゼットは、「妹に婚約者を奪われた哀れな姉」と陰で噂され、好奇と嘲笑の視線に晒《さら》されながら、「妹と元婚約者との真実の愛を応援する心優しい姉」として振る舞わねばならなかった。

そんな折に王家から打診された王弟アルベールとの結婚話に、リゼットの両親は飛びついた。傷物になってしまったリゼットの扱いに少々困っていたし、評判の良くない公爵とはいえ玉の輿《こし》には違いない。

当のリゼットには戸惑いしかなかった。なぜ自分が王弟の妻に選ばれたのか見当もつかない。

伯爵令嬢という立場は王族に嫁ぐにはギリギリの身分だ。貴族の娘として一通りの教養は身につけているつもりだが、際立った特技や才能があるわけでもない。薄茶色の髪に若草色の瞳、細身の体型のリゼットは、それなりに整った容姿ではあるものの、王家から見込まれるほどの美人とも言えない。外見でいうなら、一つ年下の妹ミシェルの方が、よほど華やかで人目を引く。

『王妃がリゼット嬢の優しさに心を打たれた』

国王陛下は婚約を打診した際、リゼットの父にそう説明したらしいが、エレノーラ王妃殿下とリゼットに特別な接点はないのでますます訳がわからなかった。ルシアンと婚約する少し前に、他の大勢の令嬢達と共に王妃殿下主催のお茶会に招待されたことがあるが、その時も挨拶以上の会話を交わした記憶はない。まさか例の美談を言葉どおりに信じているとも思えないのだが……。

戸惑うリゼットを置き去りにしてあれよあれよと話は進み、打診からわずか二ヵ月後、リゼットはアルベールに嫁いだのだった。その優しさを見込まれて王家から望まれた、という更なる美談を添えられて。

「旦那様にとっては不本意な結婚だったに違いないわ。ずっと、どなたとも婚約すらされていなかったんだもの。女性に興味がおありでないか、もしくは――」

すでに愛する女性がいるか。

相手の身分が低いか、既婚者か、あるいは片想《かたおも》いか。なんらかの理由で結婚できない想い人がいるのではないか。新婚の妻に向かって「愛人を作っても構わない」などと言ったのは、自分にもそのような相手がいるからでは――。

そんな考えが浮かんだが、リゼットは口には出さなかった。言葉にするとあまりに虚しい気がして。

「……でもね、あんなことをおっしゃったけれど、旦那様は本当は親切な方なのではないかと思っているの」

黒猫がピクリとヒゲを震わせた。真ん丸の瞳がリゼットを見上げる。

「例えばこのお部屋。日当たりも眺めも、とってもいい。家具もカーテンも壁紙も、女性好みのものに新調されてる。過ごしやすいようにという気遣いが感じられるわ」

マーサによれば、この部屋はアルベールの指示で調えたのだという。

夕食も、結婚式の日のディナーにふさわしい豪華な内容だった。プリプリの海老を使った前菜、黄金色のコンソメスープ、桜鯛《さくらだい》のポワレに柔らかい鴨肉《かもにく》のロティ。デザートは旬のさくらんぼがたっぷり乗ったタルト。どれもこれも美しく盛りつけられ、味も絶品だった。一人で黙々と食べたのでなければ、きっともっと美味《おい》しく感じられたことだろう。

それに、よく喋るマーサはもちろんのこと、執事のセバスチャンも、口数は少ないもののリゼットへの接し方はとても丁寧で親切だった。主であるアルベールが、使用人達にそのように指示しているからに違いない。

アルベールはリゼットを妻として愛するつもりはなくとも、それはそれとして、快適な生活を保証するつもりではあるらしい。これまでのちぐはぐな印象について、リゼットはひとまずそのような結論に至っていた。

「だからね、妻としては望まれていなくても、せめて同居人として気持ちのよい関係になれたらいいなと思っているの。だって、少なくとも三年は同じお屋敷で暮らすことになるんだもの、気まずいままなのは辛《つら》いわ。まずは明日の朝食をご一緒できたら嬉しいのだけど、やっぱり難しいのかしらね……」

リゼットは寂しく微笑み、睫毛を伏せる。

結婚式当日の夕食すら別々だったのだ。あまり期待しない方がいい。期待して叶わないのはもっと辛い――。

「ニャーン」という声に、リゼットは我に返った。

いつの間にかリゼットの足元に移動していた黒猫が、真ん丸の目でリゼットを見上げていた。長い尻尾が揺れ、ほんの一瞬ふわりとリゼットに触れる。

「まあ、慰めてくれるの？　嬉しいわ。ふふ、声もとっても可愛いのね。お喋りに付き合ってくれてありがとう、猫さん」

思わず伸ばしかけた手を素早くかわし、黒猫はバルコニーへと向かう。どうやら出ていくつもりらしい。

「猫さん。また遊びに来てくれる？」

問いかけに応えるように尻尾を揺らし、黒猫は夜の闇の中に消えていった。

リゼットは黒猫の消えた先をしばらく見つめてから、不思議と穏やかな気持ちで眠りについたのだった。

翌朝、侍女のマーサの案内でダイニングルームに赴いたリゼットは、食卓に黒髪の青年の姿があるのを見て目を瞬いた。朝食を一緒にできたらと思ってはいたものの、実現するなどとは期待していなかったのだ。

「……おはよう」

ボソボソと発せられた朝の挨拶に、慌てて微笑みを作る。

「おはようございます、旦那様。朝食、ご一緒できて嬉しいです」

そう言うと、アルベールは気まずそうに目を逸らした。

「……昨日の夕食は、その……同席できず、すまなかった」

「いえ……」

「仕事……のようなもので、悪いが今後も夕食は共にできない。それと、昼も……」

「お忙しいのですね」

「……なるべく朝は合わせようと思っている」

「はい、ありがとうございます」

もう一度微笑み、リゼットは席についた。少なくとも朝食は同席できるらしい。昨日のアルベールの拒絶的な態度を思えば、信じられないくらいの進歩だ。

そんなリゼットに、アルベールは何か言いたそうに口を開きかけたが、結局言葉が出ることはなく、そのまま静かに朝食の時間が始まった。

レースのカーテン越しに柔らかな朝の光が差し込むダイニングルーム。十人ほどがゆったり座れるダイニングテーブルの端と端に座る二人の前に、セバスチャンとマーサが料理の盛りつけられた皿を並べていく。

新鮮な生野菜のサラダ。ポテトのポタージュ。香ばしく炙《あぶ》ったベーコンに、黄色が鮮やかなスクランブルエッグ。絞りたてのオレンジジュース。それに、パンとチーズを二種類ずつ。素朴なメニューながら、色味の良さと美味しそうな匂いに食欲が刺激される。

（どれも珍しいものではないけれど、一つ一つがとっても美味しいわ）

食材の質もコックの腕もいいのだろう。さすがは公爵家だと感心しつつ、無言でバゲットをちぎり、口に運んだ。

テーブルの反対側では、アルベールが同じく無言でベーコンにナイフを入れている。フォークを口に運ぶアルベールの所作は、感嘆するほど洗練されている。姿勢も良く、黒のスラックスに白のシャツ、黒のベストというシンプルな出《い》で立《た》ちにも気品が感じられた。

二人で使うには広すぎるダイニングルームに、器とカトラリーが触れる音だけが静かに響く。予想はしていたが、どうやらアルベールは口数の少ない人らしい。そんなアルベールの様子をチラチラとうかがいながら、リゼットは会話の糸口を探っていた。

結婚初日の昨日、会話らしい会話といえば「君を愛することはできない」という例の宣言と、それに続く事務的なやり取りだけだった。今日はもう少し楽しい会話を交わしたいと思うのだが、リゼットもあまりお喋りが得意な方ではない。

（もし、私がもっと気のきいた会話のできる性格だったら、ルシアン様との婚約を解消することにはならなかったのかしら……）

今さら考えても仕方のないことが頭に浮かび、リゼットは小さく首を振ってそれを追いやった。過去を変えることはできない。リゼットの夫になったのはルシアンではなく、今目の前にいるアルベールなのだ。

アルベールについては、噂以上のことは何も知らない。共通の話題といっても朝食のメニューくらいしか思いつかず、「これ、美味しいですね」などと感想を口にしてみたが、「ああ」とか「そうだな」で会話は終わってしまった。

静かに時は流れ、残るは食後のデザートとお茶のみとなったとき、リゼットは「そういえば」と口を開いた。

「このお屋敷では猫を飼っていらっしゃるのですか？」

ピタリ、とデザートフォークに伸ばしかけた手を止め、アルベールがリゼットに視線を移した。

「昨日の夜更け、私のお部屋に黒猫さんが遊びに来てくれたのですけど――」

カシャーンという音が響き、見れば執事のセバスチャンが下げたばかりのスプーンを床に取り落としたところだった。なぜか、マーサもティーポットを持ったまま目を見開いて固まっている。セバスチャンが「失礼いたしました」とスプーンを拾い上げ、二人は何事もなかったかのように仕事に戻っていく。

「……いや、猫は飼っていない」

アルベールの返答は少し意外なものだった。

「そうなのですか？　とても立派な猫さんだったので、てっきり……。思わず撫で回したくなるような、美しい毛並みだったんですよ」

「な……う……」

無表情のアルベールから、呻《うめ》くような声が漏れる。

セバスチャンとマーサも再び手を止めて、戸惑ったようにアルベールとリゼットの顔を見比べている。

三人の反応を見て、リゼットはハッと気がついた。

「あ……もしかして、部屋に猫を入れてはいけなかったのでしょうか……？　申し訳ありません、勝手なことを……」

しょんぼりと眉を下げる。

とても美しくてお行儀の良い猫だったが、もしかしたらアルベールは猫が苦手なのかもしれない。そうでないとしても、飼っているわけでもない動物を室内に入れることには、拒否感を抱いても不思議ではない。

「……いや。構わない」

アルベールの言葉に、リゼットはうつむけていた顔を上げた。

「昨日も言ったとおり、君には可能な限り不自由のない生活を保証したいと思っている。君が望むなら、猫を部屋に入れることも問題ない」

「本当ですか？　ありがとうございます！」

リゼットはパッと表情を明るくした。

「……君は、猫が好きなのか？」

アルベールの問いに、リゼットは頬を染めて答える。

「はい、大好きです！　……あの、旦那様は猫が苦手ではありませんか？」

「……苦手ではない。好き、とも言いがたいが」

「そうなのですね？」

曖昧な答えに、リゼットは小さく首をかしげる。猫にはあまり関心がない、ということなのだろうか。

ともあれ、猫を部屋に招く許可は得た。

公爵家の飼い猫でないならまた会えるとは限らない。そのはずなのに、なぜかリゼットは、あの黒猫がまた訪ねて来てくれる気がしてならないのだった。


「猫さん、また来てくれたのね！」

少しだけ開けておいた掃き出し窓の隙間から、夜風と一緒にするりと入り込んできた黒猫を、リゼットはにこにこと出迎えた。

黒猫はソファの前で少しの間立ち止まると、昨日とは違って三人掛けのソファの真ん中に飛び乗った。

(あら。これはもしかして、隣に座ってもいいということかしら……？)

そわそわとした期待を胸に、リゼットは黒猫の隣にそっと腰を下ろす。

黒猫は警戒するようにじっとリゼットの動きを見守っていたが、予想どおり逃げはしなかった。

「ふふ、今日はお耳、外側を向いていないのね」

外向きに倒れた耳は周囲を警戒しているサイン。今夜の黒猫の耳は、ピンと前を向いている。昨日よりも警戒度が下がっていることがわかり、リゼットの頬がゆるむ。

「猫さん、あのね」

気を良くしたリゼットは、少しだけ黒猫の方に体を傾けた。

「少しだけ、撫でちゃ駄目かしら？」

小声で尋ねると、黒猫はあいかわらずリゼットを見つめたままヒゲをピンとさせ、尻尾をたゆんとくねらせた。

「……いいの？」

今度は「ニャン」と短い鳴き声が返ってきた。それを了解の合図と受け取って、リゼットはそろそろと黒猫に手を伸ばした。

丸みのある背中を上から下へそっと撫でる。想像していた以上のふわふわな手触りに、思わず吐息が漏れた。

「ふわぁ……可愛い……」

うっとり呟《つぶや》くと同時に、黒猫がビクリと体を強張《こわば》らせたのがわかった。

(焦らない、焦らない……)

リゼットは名残《なごり》惜しく思いながらも手を引っ込める。

「ありがとう、猫さん。今日はもう触らないわ」

そう言って少し距離を取ると、黒猫のヒゲが安心したように下がった。

「あのね、猫さんをお部屋に招く許可を旦那様からいただいたのよ。今朝、朝食をご一緒したときに。だからまたいつでも遊びに来てね」

応えるように、黒猫が「ニャア」と一声鳴いた。

第二章　黒猫のいる生活

リゼットがシャトラン公爵家に嫁いでから、あっという間に一ヵ月が過ぎた。

公爵家でのリゼットの一日は、朝、マーサの手を借りて身支度を整えることから始まる。

マーサが準備してくれたぬるま湯で顔を洗い、化粧の間のクローゼットから室内用のワンピースを選ぶ。似たような暗色のワンピースばかりが並ぶ中から手に取ったのは、飾り気のない紺色のワンピース。着替えてドレッサーの椅子に座ると、すぐにマーサがブラシを手にリゼットの髪を梳《くしけず》り始めた。

「今日もいいお天気でございますねぇ。午後のお茶はガゼボにご用意いたしましょうね」

ブラシを握る手と共に、マーサの口も滑らかに動き出す。朝の支度をしながらマーサとお喋《しゃべ》りをするのも、すっかりリゼットの日課になっていた。

お喋りと言っても、喋るのは八割方マーサだ。おかげでリゼットはすでに、マーサとセバスチャンが夫婦であることも、マーサが元はアルベールの乳母であり、アルベールが幼い頃から夫婦揃《そろ》ってアルベールに仕えていることも知っていた。

「黒猫様は昨夜もお越しになったのですか？」

「ええ、とってもとっても可愛《かわい》かったわ！　近頃は少し長い時間触らせてくれるようになったのよ」

愛らしい黒猫の姿と手触りを思い出し、リゼットの口元がゆるむ。

リゼットの部屋が気に入ったのか、黒猫はその後も毎日現れた。時間は決まって日が暮れてから。開けておいた窓の隙間からするりと部屋に入り込み、リゼットのお喋りに付き合い、ほんのちょっぴり撫《な》でさせて、またするりと出ていく。黒猫とのひとときは、リゼットにとってなによりの楽しみとなっていた。

「ふふ、奥様は本当に猫がお好きでいらっしゃいますねぇ」

「そうね。一番の趣味と言ってもいいかもしれないわ」

「やはりご実家でも猫を?」

リゼットはかぶりを振る。

「妹が、猫が苦手なの。だから飼うことは許してもらえなくて……」

「そうでしたか……。でも、それでは何がきっかけで猫がお好きになられたのでございますか?」

「母方のお祖母様《ばあさま》が猫を可愛がっていらっしゃったの。ネージュという名の、貴婦人のような白猫さんだったのよ。雪のように白くて長い毛皮と、透き通るような青い目がそれは美しくて……」

安楽椅子に腰掛ける祖母と、その膝の上でくつろぐ白猫の姿を懐かしく思い出す。

子爵夫人であった祖母は我が子にも孫にも厳しく、常に眉間に皺《しわ》を寄せているような人だったが、白猫を前にするときだけは別人のように表情を柔らかくした。まだ十歳にも満たない頃から、リゼットは祖母の屋敷に遊びに行くたびに、祖母とネージュから猫への接し方を教わったのだ。

この白猫ネージュのおかげでリゼットは大の猫好きになったのだが、皮肉なことに妹ミシェルを猫嫌いにしたのもまたネージュだった。

当時六歳だったミシェルは、ネージュが嫌そうな素振りをするのを無視して執拗《しつよう》に尻尾《しっぽ》を触った挙げ句、そっけない態度のネージュに癇癪《かんしゃく》を起こし、あろうことか尻尾を思いきり踏んづけたのだ。怒ったネージュに手の甲を派手に引《ひ》っ掻《か》かれたミシェルは、それ以来猫を毛嫌いし、近くに猫が来ようものなら大騒ぎして追い払うようになった。

両親は、大事な娘に怪我《けが》をさせられたと腹を立て、ミシェルの肩を持った。悪いのはネージュの嫌がることをしたミシェルの方だとリゼットは思うのだが、あの三人にそんな理屈は通じない。リゼットがどんなに懇願しても、自宅で猫を飼うことは許されなかった。

「白い毛皮に青い目というと……ちょうどそちらの小物入れのような猫様でございますねぇ」

マーサの視線の先には、ドレッサーに置かれた陶器の小物入れがある。リゼットが実家から持ち込んだものだ。手の平に乗るくらいの大きさの、蓋付きの丸い小物入れは、グレーがかった薄い青色。蓋には同じく陶器でできた白猫の人形がちょこんと座っている。白猫の目の部分には小さなサファイアがはめ込まれ、美しくきらめいていた。

「実はこれ、お祖母様がネージュをモデルに作らせた特注品なの。お祖母様が亡くなる少し前に、私に譲ってくださって……」

リゼットが十五歳のときのことだ。病床の祖母から託されたものは実はもう一つあった。それは自分が死んだ後の白猫ネージュのこと。孫娘に対しても甘い顔はしない祖母だったが、同じ猫好きとして一番にリゼットを信頼してくれていたのだと知り、リゼットはこみあげそうになる涙をこらえるのに苦労した。

けれど結局、リゼットがネージュの世話をすることはなかった。祖母が病気で亡くなると、その葬儀の翌日、すでに老猫だったネージュも後を追うようにして息を引き取ったのだ。

「それからはあまり猫と触れ合う機会を持てなくて。たまに、猫を飼っているお友達のお屋敷に遊びに行かせてもらったりはしていたのだけど……」

仲良くしていた子爵令嬢がやはり猫好きで、彼女の屋敷では美しいブルーグレーの毛並みの猫を飼っていた。以前は時々、お茶会という名目で彼女の屋敷にお邪魔し、猫を愛《め》でながら猫の話に花を咲かせるのが楽しみだった。だが、その友人が一足早く結婚してしまってからは、そのような機会も容易には持てなくなってしまった。

「だから、こうして毎晩黒猫さんが遊びに来てくれるのが本当に嬉《うれ》しくて！」

夜だけとはいえ、夢にまで見た「毎日猫がいる生活」が叶《かな》ったのだ。

(私、この家に嫁げて良かったたかも……)

夫から「愛することはできない」などととんでもない宣言をされたにもかかわらず、リゼットはそんなことを考えていた。

そう思える理由は黒猫の存在だけではない。マーサをはじめとする使用人達の、穏やかで気遣いに溢《あふ》れた接し方もだ。両親や兄妹の顔色をうかがいながら過ごしていた実家よりも、よほど居心地《いごこち》がいい。

今も、朗らかにお喋りをしながらリゼットの髪を編み込んでいくマーサの手つきに、リゼットの気持ちは自然と穏やかになっていた。

「奥様が猫好きで、わたくしも嬉しゅうございますよ」

「あら！　マーサも猫が好きなの？」

リゼットは目を輝かせ、鏡越しにマーサの顔を見る。

「もちろんでございますとも。この屋敷の使用人に猫嫌いの者はおりませんよ。面接で不採用にいたしますからね」

「まあ……。ふふ」

リゼットはきょとんとし、それから口元をほころばせた。猫好きのリゼットに配慮した冗談のつもりなのだろう。マーサはよく喋る侍女だが、こうした冗談を口にするのは珍しい。

「……さあ、できあがりましたよ。いつもと違う髪型にしてみたのですが、いかがですか？」

鏡に映る自分の姿を見て、リゼットはわずかに顔を曇らせた。結婚前、リゼットの日常はひっつめ髪が定番だった。結婚して最初の朝、マーサに髪型の希望を尋ねられてそう答えると、少し考えるそぶりを見せてから、「では、まずは奥様が違和感のない髪型にいたしましょう」と言った。そして、両サイドを編み込んだ上で、一つにまとめてシニョンにしてくれた。わずかな違いだけれど、ただのひっつめ髪よりも心が浮き立った。

それから一ヵ月、マーサは何も言わずとも毎日同じ髪型にしてくれた。けれど今日の髪型は、両サイドを編み込むまでは同じだがシニョンではなくハーフアップになっている。さらに、ワンピースに合わせて紺色のリボンまで結ばれている。

「女は結婚したら髪をアップにしなければならないと聞いているのだけど……」

リゼットは母からそのように教えられてきた。実際、母は家族しかいない場でもきちんと髪を結い上げていた。

「確かに伝統的な考えでは、人と会うときにはアップにするのが一般的とされておりますけれど、近頃はそこまで厳密ではないと思いますよ。特にお屋敷の中では自由になさって構わないかと」

「そうなの？」

「ええ。もちろん、奥様がお嫌でなければですが」

嫌ではない。可愛らしい髪型だと思う。けれど――。

「……私にはちょっと可愛らしすぎる気がして……」

「まあ。そんなことはございません。よくお似合いですよ」

「そう、かしら……」

マーサがふっくらと微笑《ほほえ》む。

「奥様は今日のように落ち着いた格好もよくお似合いですが、お可愛らしいのもきっとお似合いになりますよ。あ、そうですわ、ドレスとワンピースを新調なさってはいかがです？　アルベール様からも、服は好きなだけ新調して構わないと言われておりますもの。紺やグレーのワンピースもたいへん結構ですが、もっと明るいお色や暖かなお色のものもあればおしゃれの幅が広がりますわ。水色、若草色、ローズピンク、薄紫……いっそのこと明るい黄色なんかもいいかもしれませんわねぇ」

ウキウキと華やいだ声を上げるマーサに、リゼットは困ったように眉を下げた。

「ドレスもワンピースも、今あるもので充分よ」

婚約が成立したときに王家から賜った支度金の一部で、何着かドレスとワンピースを新調したばかりなのだ。社交の機会がないものだから、ドレスの中にはまだ一度も袖を通していないものもある。

「……それに、そんな華やかな色、地味な私にはとても着こなせないわ」

「地味、でございますか？」

マーサが怪訝《けげん》そうに眉を寄せた。

「わたくしは奥様を地味とは思いませんが……。どなたかに、そう言われたことがおありなのですか？」

「それは……」

リゼットの眉がますます下がる。実家のドゥーセ伯爵家では、リゼットの容姿が地味だというのは皆の共通認識だった。

母親によく似た薄茶色の髪。

『地味な色ねぇ。あなたもマチアスやミシェルのようにもっと明るい色だったら良かったのに』

と、母からため息交じりに言われたことは一度や二度ではない。確かに兄と妹の髪は色素が薄く、ほとんど金髪に近い。

明るい緑色の瞳はきょうだい三人共通で、こちらは父親ゆずり。だが色こそ同じだが、兄と妹の目の方が大きくパッチリしている。下がりぎみな眉も、リゼットの地味な印象に拍車をかけているようだった。

『よく覚えておきなさい、リゼット。地味な顔立ちの女が下手《へた》に着飾っても滑稽なだけですよ。それよりも上品になさい。それが一番、堅実で間違いがないのです』

十歳を超え、おしゃれに興味を持ち始めた頃から、母から口酸っぱく言われ続けた言葉だ。

母は、リゼットにはそう言い聞かせる一方で、妹のミシェルには様々な色やデザインの服を着せたがった。まるでお気に入りの着せ替え人形で楽しむように。

『ミシェルは何を着ても似合うわねぇ。しっかり着飾って自分の価値を高めるのですよ。あなたには侯爵家にだって嫁げるくらいの魅力があるのだから』

妹が楽しそうにピンクや赤のドレスを選ぶ横で、リゼットは一人静かに紺、グレー、茶などの「上品」なドレスを選び続けてきた。父からは、

『お前はまたそんな陰気な格好をしているのか』

とため息をつかれ、兄からは、

『家の外では俺に近づくなよ。お前みたいな地味なのが妹だなんて知られたら恥をかくのは俺なんだからな』

と嘲笑されながら。

紺やグレーが嫌いなわけではないが、他の色のドレスだって着てみたかった。勇気を出して母に訴えてみたこともある。けれど許されないまま年月が過ぎ、気づけばリゼットはそんな状況にすっかり慣れてしまったのだった。

「……私が地味だというのは、ただの事実よ」

苦笑いを浮かべ、話はおしまいとばかりに立ち上がった。

「さあ、ダイニングルームへ向かいましょう。旦那様をお待たせしてはいけないわ」

何か言いたげなマーサを促して、リゼットは私室を出た。


ダイニングルームへ入るとすでにアルベールは席についていて、コーヒーを片手に新聞を広げていた。結婚二日目の言葉どおり、アルベールは毎日リゼットと朝食を共にしている。

「おはようございます、旦那様。お待たせいたしました」

「ああ、おはよう――」

新聞から視線を上げ、リゼットを視界に入れた途端、アルベールがピタリと動きを止めた。無表情でじっと凝視され、リゼットは落ち着かない気持ちになる。

「あの……？」

「……いつもと、雰囲気が違う。なんというか、その……」

戸惑ったように言われ、いつもと違う髪型のことを指摘されているのだと思い至る。いたたまれず、リゼットの頬が熱くなった。

「あの、髪をハーフアップに……。変ですよね、やっぱり――」

「まあ、よくお気づきになられました、アルベール様！」

明るい声で割って入ったのはマーサだった。リゼットのために椅子を引きながら、にこにこと続ける。

「奥様の髪型をいつもと変えてみたのです。どうです、よくお似合いでしょう？　とってもお可愛らしいと思われませんか？」

「あ、ああ……」

マーサの勢いに気圧《けお》されたように目を瞬いてから、アルベールは改めてリゼットに視線を向けた。

「よく似合っている……と思う」

表情も変えずにそう言うと、アルベールはリゼットから目を逸《そ》らすように視線を落とし、コーヒーを啜《すす》った。

「あの、ありがとうございます……」

椅子に腰掛け、リゼットは肩に流れる毛先にそっと指先で触れた。

（マーサに強引に言わされたんだって、わかってはいるけれど……）

胸の奥がポッと温かくなったように感じるリゼットなのだった。

朝食のあとは公爵家の庭園を散策するのが日課だ。

リゼットの私室の窓からも見渡せるこの庭園はさほど広いものではないが、御者兼庭師のトマによって丁寧に管理されている。今はガーベラとフリージアが見頃を迎えている。庭園の主役となるべく植えられたバラもふっくらとした蕾《つぼみ》をつけ、開花の時を待っていた。

「トマさん」

マーサの呼び方に倣ってそう声をかけると、しゃがみ込んで作業をしていたトマが立ち上がり、小さく会釈を返してきた。

「おはようございます。お部屋に飾るお花をいただきに来ました」

リゼットがそう言うと、トマは小さくうなずき、背を丸めて無言で歩き始めた。リゼットとマーサはその後について行く。毎朝、朝食後にトマから花を分けてもらい、それを屋敷の中に飾って回る。リゼットが自分で決めた、数少ない役割だ。

トマが立ち止まり、土のついた指先で花を指し示した。トマはその日一番綺麗《きれい》に咲いた花を勧めてくれる。今日のおすすめはキンギョソウのようだ。

「まあ、綺麗ですわねぇ。奥様、どの色になさいますか？」

口数の少ないトマに代わり、マーサがリゼットに尋ねる。トマに限らず、この屋敷の男性陣は総じて口数が少ない。主人であるアルベールに似たのだろうか。「その分、わたくしはすっかりお喋りになってしまいましたわ。これでも娘時代は物静かな方だったんですよ」とはマーサの弁だ。

「そうね……薄いピンク色を多めに、白と薄紫、黄色も少しあると嬉しいわ」

無言でうなずき、トマが花を選んで摘んでいく。受け取ったリゼットは、そういえば、とトマに向き直った。

「キンギョソウは猫に害はないかしら？　猫が触れるだけでかぶれてしまう花もあると聞いたことがあるのだけど……」

生前の祖母が部屋に飾る花に気を遣っていたことを、ふと思い出したのだ。今のところ黒猫は花にじゃれつくようなことはなく、何も問題は起きていないが、万が一ということもある。自分の不注意で黒猫に嫌な思いをさせるわけにはいかない。

「この庭園には、猫に害のある植物は一つもありませんです」

トマがしゃがれた声で答える。リゼットはホッと口元をほころばせた。

「そうなの？　良かったわ。実は私のお部屋に毎晩遊びに来てくれる黒猫さんがいるのだけど、それなら安心ね」

するとトマは、ふさふさの白い眉毛に隠れそうになっている小さな目を見開き、「黒猫が……」と呟《つぶや》いた。その反応に、リゼットは小さく首をかしげる。

「トマさんも猫が好きなの？」

猫に害がある植物を把握しているくらいなのだ。それに黒猫という言葉に反応を示したところを見ると、きっと猫好きに違いない。そう思って聞いたのだが、トマの答えは予想していたものとは少し違っていた。

「わしは生きとるもんはみな好きです。猫も馬も花も。動くもんも、動かんもんも」

「なるほど……？」

どうやら、猫を含めた動物全般、さらに植物も好きだと言いたいらしい。御者兼庭師をしているのも納得だわ、とリゼットはうなずいたのだった。

昼食前のひとときを、リゼットは図書室で過ごすことにしている。

二階の北東の角に設けられた図書室には、屋敷の主《あるじ》の趣味を反映してか、娯楽の類いは少ない。大部分を占めるのは、アルベールの仕事のために集められた本だ。

アルベール本人やマーサ、セバスチャンから聞きかじったところによると、アルベールは近隣五ヵ国の言語を習得し、その語学力を活《い》かして翻訳の仕事をしているらしい。依頼元はもっぱら王宮だ。

一応、外務部に所属しているらしい。「習得者の少ない珍しい言語の翻訳もできるので、国王陛下からもたいへん頼りにされているのですよ」と語るマーサは、まるで子や孫の自慢話をするように誇らしげだった。

読み書きだけでなく喋ることもできるので、外務部からは外交の場での通訳も依頼したいとの声が出ているが、アルベールは頑として断っているらしい。

（きっとそういうのもあって、人嫌いだなんて噂《うわさ》されているのね……）

単に夜会に参加しないというだけでなく、仕事としての出席も断るとあっては、そのような評価を受けるのも無理はないことのように思われた。

とはいえ、翻訳の仕事にはかなり力を入れているらしい。図書室の棚のほとんどは、辞書や外国の言語で書かれた本で埋まっている。リゼットも教養としていくつかの外国語の読み書きを身につけているが、それでも読めない本がたくさんある。

そんな図書室でリゼットが何をするのかというと、シャトラン家とその領地について勉強しているのだ。普通であれば婚約期間中にある程度学んでおくべきことだが、なにしろ婚約期間がたったの二ヵ月しかなかったため、ほとんど手が回らなかったのである。

シャトラン公爵位は、王族が臣籍に下る際に一代限りで与えられる爵位の一つであるらしい。領地は、かつてグランデ王国の王都が置かれていた古都。建国神話で王国発祥の地とされている場所だ。今ではすっかり鄙《ひな》びた田舎町《いなかまち》だと聞くが、それでも歴史的に重要な場所ということで、シャトラン公爵が空位の際には王家の直轄地とされているそうだ。

こういった由縁を持つ公爵家だからか、図書室には歴史書の類いや、神話や伝承を集めた本も数多く取り揃えられていた。中には古文書のようなものまである。

リゼットはこれらの本を読む傍ら、セバスチャンから少しずつ領地経営についても教えを受けていた。初日にアルベールから「君が気にかける必要はない」と言われてしまったが、名ばかりとはいえ公爵夫人だというのに、何も知らないままというのは落ち着かない。

可能な範囲で構わないので領地のことを教えてほしいとお願いしたところ、セバスチャンは「私ももっぱら書類上で把握しているだけではございますが」と前置きした上で、快く教師役を引き受けてくれた。領地は、王家からの信頼が厚い代理人が適切に管理しており、アルベールやセバスチャンは定期的に上がってくる報告書で状況を確認しているらしい。

セバスチャンは、地理的な特徴や特産品などの一般的な説明をするだけでなく、帳簿の写しなど機密書類も見せてくれる。シャトラン公爵家の一員として認められているように思えて、ますます勉強に身が入るリゼットなのだった。

昼食は、私室でとることにしている。

「アルベール様はお仕事で手が離せないとのことです」

初日にセバスチャンが申し訳なさそうにそう告げてきて以来、昼食はずっと一人だ。昼食と夕食は同席できないとアルベールからも言われていたので、仕方ないとすぐに受け入れた。

とはいえ、ダイニングルームの広いテーブルで一人ぽつんと食べるのはどうにも落ち着かず、十日を過ぎたあたりでセバスチャンに相談し、私室で食事がとれるように取り計らってもらった。今では、食事時になると小さな丸テーブルとダイニングチェアが私室に運び込まれてくる。

一人ぼっちなことに変わりはないが、マーサが給仕をしながらあれこれと話しかけてくれるので、さほどの寂しさは感じずに済んでいる。

それに、食事のたびに、コックのレミがメニューの説明をしに来てくれる。レミは見た目だけならまるで戦士のように厳《いか》つい男だが、シャトラン公爵家の男性使用人の例に漏れず物静かで穏やかな性格だ。住み込みの使用人の中では最も若い三十代半ば。元は王城で料理人をしていたのを、マーサが引き抜いたのだそうだ。

「若いですが腕は確かですよ。あとはしっかり者のお嫁さんが見つかればいいんですけどねぇ……どうもレミは女性を前にすると緊張するらしくて」

とマーサが言うとおり、レミはリゼットの前に出るときはいつも赤面している。メニューの説明もたどたどしいが、言葉に詰まりながらも自分の仕事をまっとうしようとする姿には好感が持てた。

今日のメインはポークソテー。アスパラガス、にんじん、豆、カブなどの色鮮やかな添え野菜はバターで煮てあるらしい。美味《おい》しそうな匂いが食欲を刺激する。

「今日もとても美味しそうね」

「えっと……新鮮なアスパラガスが手に入りましたもんで、その……奥様が気に入っ……いや、お気に召しておられたようでしたので、それで、はい……」

「まあ、それでわざわざ？」

三日前の朝食に添えられていたアスパラガスが美味しくて、それをレミに伝えた記憶がある。そのことを覚えていて、わざわざメニューに取り入れてくれたらしい。

「ありがとう、嬉しいわ」

にこりと微笑んでお礼を言うと、レミはますます顔を赤くしながらうなずいた。

本人の繊細な性格が反映されているのか、レミの作る料理は味付けも繊細だ。それに、この一カ月、一度として同じメイン料理が出たことはない。

きっと今日のポークソテーも美味しいに違いないと、期待で胸が膨らむ。と同時に、その美味しさを分け合う人がいないことに、ほんの少しの寂しさがよぎったのだった。

昼食を挟んで午後は、決まった予定はない。

手慰みに刺繍《ししゅう》をしたり、本を読んだり、トマの邪魔にならない程度に庭仕事を手伝ってみたり。天気がよい日のティータイムは庭園内のガゼボが最近の定番だ。午後のお茶はいつも一人きり。一人で静かに過ごす時間も嫌いではないが、毎日となると少し味気ない。

きっとマーサを誘えば快く付き合ってくれるのだろうが、使用人が少ない中でマーサの担う役割は多い。仕事の邪魔をするのは忍びなく、付き合わせるのはためらわれた。

そうやって時間を潰し、またもや一人で夕食を終え、マーサに手伝ってもらって寝支度を整えると、待ちに待った夜がやってくる。

「猫さん、いらっしゃい！　ああもうっ、今日もなんて可愛いのかしら！」

今夜もやってきた黒猫を、ウキウキと弾んだ声で出迎える。一日でもっとも楽しみにしている時間の始まりだ。

黒猫は立てた尻尾をゆらんゆらんと揺らしながら、リゼットの前をゆったりと横切り、いつものように三人掛けのソファの真ん中に飛び乗った。リゼットはその隣にそっと腰掛ける。

「猫さん、今日はどんな一日だった？　私の方はね、こんなことがあったのよ……」

黒猫の丸い背中をゆっくりと撫でながら、その日にあったことを話し始める。

マーサが髪を可愛らしく結ってくれて、慣れない髪型に落ち着かなかったこと。

「マーサは、私にピンクや黄色のドレスも似合うなんて言うのよ。そんなわけないのにね。でも、そう言われて少しだけ嬉しい気もしたの」

「ニャーン」

トマからキンギョソウを貰《もら》って屋敷の中に飾って回ったこと。

「ほら、マントルピースの上。あれがキンギョソウよ。猫さんが触っても大丈夫なんですって。トマさんは動物にも植物にもとっても詳しいのよ。すごいわよね」

「ニャン」

セバスチャンに習った領地のこと。

「小麦畑がとても綺麗なんですって。私もいつか行ってみたいわ」

「ミャウ……」

レミが調理してくれたアスパラガスがとても美味しかったこと。

「前に私が美味しいと言ったのを覚えていてくれたみたいなの。そういう心遣いって嬉しいものね」

「ニャウ」

思えばこの一ヵ月で、使用人達にはずいぶん慣れることができた気がする。夫であるはずのアルベールよりもよっぽど。

アルベールとの交流はあいかわらず朝食のときのみ。朝食後、アルベールは自室にこもって仕事をしている様子で、同じ屋敷に住んでいるというのに姿を見かけることすらめったにない。唯一共に過ごす朝食のときでさえ、会話はまるで弾まなかった。

「でもね、言葉は交わさなくても、旦那様のことでいくつかわかったことがあるのよ」

得意げにそう言うと、黒猫の耳がピクリと動いた。

「例えばね、旦那様はスクランブルエッグがお好きみたい。あまり表情の変わらない方だけど、スクランブルエッグを召し上がるときにはほんの少し口角が上がって、目元が柔らかくなるのよ」

「ニャ……」

その表情を思い浮かべ、リゼットは自然と口元をほころばせる。公爵家の朝食に毎日のように供されるスクランブルエッグは、バターがたっぷりでしっとりしていて、リゼットもとても気に入っている。

「反対に、熱いスープはお得意ではないみたいね。いつも充分に冷めてから口をつけてらっしゃるもの。猫舌なのかしらね？」

「ニャウ……」

独り言に等しいリゼットの言葉の合間に、黒猫が相槌《あいづち》を打つように鳴き声を上げる。まるで人間の言葉がわかっているかのような絶妙なタイミングで。おかげでリゼットは、毎日気分良く、黒猫相手にその日の出来事や感じたことをお喋りすることができる。人間相手に喋るのはあまり得意ではないのに、黒猫を前にすると自分でも驚くほどに饒舌《じょうぜつ》になった。

（ふふ、猫さんが聞き上手なおかげね……）

そんなふうに過ごすうち、黒猫の方も徐々にリゼットに慣れてきたらしい。リゼットの部屋で過ごす時間は少しずつ長くなり、撫でさせてくれる時間も少しずつ長くなっていた。

今も、頭や背中を撫でられている黒猫の体からは、ゆったりと力が抜けている。お腹《なか》をぺったりとソファの座面につけ、前脚を体の下に折り畳んで座る体勢からも、黒猫が警戒を解いてリラックスしていることがわかる。

そんな黒猫の様子をうかがいながら、リゼットは内心そわそわと落ち着かなかった。

(そろそろ大丈夫かしら……?)

初めて会った日から一ヵ月、慎重に黒猫との距離を縮めてきた。初めのうちは背中をひと撫でしただけで体を強張《こわば》らせた。ふた撫でできるまでに五日、頭を撫でてもビクリとならないまでにさらに十日を要した。撫でても強張ることがなくなったのはその後からで、今日のような箱座りを見せるようになったのはようやくここ三日ほどのことである。

リゼットにとって長い長い一ヵ月だった。これまでは理性を総動員して軽く撫でるだけで我慢してきたが、本当は全身をわしゃわしゃ撫で回したいし膝に乗せたいし抱っこしたいし頬ずりしたいしお腹に顔をうずめてスーハーしたくてウズウズしているのだ。

「……あ、あのね、猫さん。少しだけ、抱っこ……してもいい?」

逸《はや》る気持ちを抑えて顔をのぞき込むと黒猫は半眼になった。なんだか嫌そうな表情に見える。けれどその場を動くことはせず、仕方ないとでも言いたげに、半眼のまま「ミャア」と小さく鳴いた。

「嬉しい! ありがとう!」

リゼットはさっそく黒猫の前脚の付け根に両手を差し込み、正面から黒猫を抱き上げる。目の高さに掲げると、真ん丸に瞳孔を開いた黒猫と目が合った。

「ふふ、真正面から見ても美人さんね。はぁ……お腹ふわふわ……顔をうずめてみたい……。あら?

あらあらまぁまぁ！　猫さんたら、男の子だったのね！」

後ろ脚の間を見てそう言った途端、突然黒猫が暴れ出した。尻尾をボワッと膨らませ、激しく身をよじってリゼットの手から逃れようとする。

「あっ、急にどうしたの!?　待って……痛っ！」

左手の甲に鋭い痛みが走る。手の力がゆるんだ隙に、黒猫はするりとリゼットの手から逃れた。

「いたた……」

顔をしかめながら左手を見ると、大きな引っ掻き傷ができていた。色白の肌に、見る間に血が滲《にじ》んでいく。

とりあえず手近な布で押さえようと顔を巡らせたとき、リゼットを見上げる黒猫と目が合った。黒猫は見るからにしょんぼりした様子で、耳もヒゲも尻尾も元気をなくして垂れ下がっている。

「あ、猫さん、驚かせてごめんなさいね。たいした怪我じゃないから気にしないで」

慌ててフォローしたが、黒猫はしょんぼりとうなだれたままだ。

「本当に大丈夫よ。強引に抱っこした私が悪かったんだし……あっ、えっ？」

突然黒猫が膝に飛び乗ってきた驚きで、リゼットは動きを止めた。

黒猫はリゼットをじっと見上げてから、鼻先を傷口に寄せる。舐《な》めようとしているのだと気づき、リゼットは慌てて左手を高く上げ、黒猫から遠ざけた。

「駄目よ猫さん、血なんて舐めちゃ。でも……心配してくれてありがとう。もし慰めてくれるつもりなら、このまま膝の上にいてくれる？」

黒猫はしばらくの間じっとリゼットを見上げていたが、「ニャ……」と小さく鳴くと、あいかわらず耳を垂れたままリゼットに背を向けて丸くなった。

薄い夜着越しに感じる温かい猫の重み。ニマニマと相好を崩しながら、黒猫の頭や背を撫でる。抱っこに続き、ついに黒猫が膝に乗ってくれた興奮で、傷の痛みなんかどこかへ飛んで行ってしまいそうだ。

「ふふ。ねぇ、猫さん。男の子だとわかったことだし、名前を付けてもいいかしら？　うーん、そうねぇ……。あ、そうだわ。アル、というのはどう？」

そう言うと、黒猫は耳をピンと立てて勢いよくリゼットを振り返った。金色の目が真ん丸になっている。

数拍遅れてリゼットは、アルというのが夫アルベールの愛称であることに気がついた。黒髪に金目のアルベールと同じ色彩のせいで、つい連想してしまったらしい。

(旦那様は不快に思われるかしら……？　でも、猫さんと二人きりのときに呼ぶだけだもの。問題ないわよね？)

それに、咄嗟《とっさ》の思いつきのはずなのに、アルという名前はそれ以外には考えられないほど、黒猫にしっくりくるように思えた。

「決まりよ。今日からあなたはアルね」

「……ニャ」

観念したように、黒猫が力なく応えた。

翌朝のダイニングルームで、リゼットは大いに困惑していた。

傍らにはアルベールが立ち、リゼットの左手はアルベールの両手に包み込まれている。リゼットが部屋に足を踏み入れるなり、アルベールがものすごい勢いで歩み寄ってきたかと思うと、「傷は大丈夫か」と左手を取られたのだ。

「猫に引っ掻かれたとマーサから報告を受けたが……これは酷《ひど》い……」

アルベールが形の良い眉をひそめて呟く。まるでリゼットが瀕死《ひんし》の重傷を負ったかのように悲愴《ひそう》な表情だ。

「あの、そんなたいした傷では……」

そんなことよりもアルベールとの距離があまりに近いことに、リゼットはドギマギしていた。こんなに接近したのは、結婚式の場で誓いのキスのふりをしたとき以来だ。

吐息さえ感じられそうなほど近くにアルベールの美しい顔があり、宝石のような金の瞳が一心に傷口を見つめている。

リゼットの左手を包み込むアルベールの手は、大きくて温かい。なんだかいたたまれなくて、リゼットはさりげなく左手を引き抜こうとしてみたが、アルベールはそれほど力を入れている様子もないのに決してリゼットの手を解放しようとはしなかった。

「痛むだろう。痕が残ってしまうだろうか……。本当にすまない……」

「いえ、もう痛みはそれほどでも。マーサにきちんと消毒してもらいましたし、この程度の傷なら痕も残らないと思います。……あの、それより、どうして旦那様が謝るのですか？」

小首をかしげて見上げれば、アルベールの瞳がハッと見開かれ、それから落ち着きなく揺れた。

「……いや、その……この屋敷で起きたことは全て、当主の俺に責任がある、から……」

「まあ」

リゼットは目を瞬く。

(旦那様って、すごく責任感が強い方なのね。そんなに気にされなくてもいいのに……)

アルベールを安心させようと、リゼットはにこりと微笑んでみせた。

「本当に大丈夫ですよ。心配してくださってありがとうございます。旦那様は本当に気遣いの細やかな方なのですね」

そう言うと、アルベールの目がまっすぐにリゼットを見た。金色の目がじわじわと見開かれる。アルベールはその目元をほんのりと朱に染め、口元を隠すように片手で覆った。

「いや……君の方こそ、その、優しい人だと思う」

「あ……の、ありがとうございます」

一瞬言葉に詰まってしまったのは、実家の家族から「優しい娘、優しい姉」の役割を押し付けられてきたせいだった。「優しい」と言われるとつい身構えてしまう。

けれどアルベールにそんな意図がないことはわかっている。アルベールはリゼットに、どんな役割も期待してはいないのだから。

そのアルベールは、なおも心配そうに眉を寄せている。

「……だが、そんな傷を負わされたんだ。さすがの君も、黒猫のことが嫌いになってしまったのでは――」

「まさか！　そんなこと、絶対にありえませんわ！」

思わず大きな声が出た。アルベールが驚いたように目を見開く。

「猫さんと仲良くなろうと思ったら、この程度の引っ掻き傷なんて気にしてはいられませんわ。傷は猫さんと触れ合った証《あかし》、むしろ勲章です！」

「そ、そういうものか？」

「そういうものですわ。傷をつけられて嫌だなんて、ちっとも思いません。むしろ嬉しいくらいです。だって、ふふ、会えない間も、傷を見るたびに猫さんの存在を近くに感じられますもの。うふふふふ……」

「ほ、本当にそういうものなのか……？」

左手の引っ掻き傷を見ると、黒猫を思い出して自然と頬がゆるんでしまう。沈みかけていた気持ちもすっかり上向いてきた。やはり猫は偉大だ。アルベールが若干引《ひ》き攣《つ》った顔をしているように見えるのはきっと気のせいだろう。

「それに、この傷をきっかけに、黒猫さんが膝に乗ってくれるようになったんですよ！　ふわふわで温かくって、もう最高でした！」

「そ、そうか」

「あ、そういえば、黒猫さんは男の子だということがわかりまして……あ、あら、旦那様、どうかされましたか？」

いつのまにかアルベールは両手で顔を覆ってしまっている。見れば、耳が真っ赤だ。

「たいへん！　もしやお熱があるのでは……」

「いや、大丈夫だ」

「ですが……」

「本当になんでもない。頼む。気にしないでくれ……」

「はあ……？」

顔を覆ったままくぐもった声で言われ、リゼットは首を捻《ひね》りながらうなずいた。

しばらくそうしていたアルベールだったが、再び顔を上げたときにはいつもの無表情に戻っていた。

「……ところで、君は何か欲しい物はないのか？」

「欲しい物、ですか？」

「この屋敷に来てからまだ何も購入していないと、セバスチャンから報告を受けている。君に不自由な思いはさせたくない。ドレスでもアクセサリーでも、好きな物を買ってくれて構わない」

「ありがとうございます。お気遣いは嬉しいのですが……」

リゼットは元々物欲の強い方ではない。

ドレスもアクセサリーも、普段使いのものは充分揃っている。頻繁に夜会やお茶会に行くとなれば新調する必要も出てくるだろうが、夫のアルベールが社交の場に出ない以上、妻であるリゼットにもあまり機会はなさそうだ。

「特に欲しい物と言っても……あ」

ありません、と言いかけてから思いついたことがあった。

「ではお言葉に甘えて、一つ欲しい物があるのですが……」


「アル、どう？　気持ちいい？」

膝の上で丸くなる黒猫にブラッシングしながら声をかけると、黒猫は「にゃ……」と小さな声で応えた。すっかり体の力は抜け、気持ちよさそうに目を閉じている。

「ふふ。いいでしょう、これ。旦那様にお願いして買っていただいたのよ」

リゼットがアルベールにおねだりした物。それは猫用のブラシだった。

五日後に届いたブラシはとても品質の良いもので、黒猫の毛皮はますます艶やかさを増している。

「はぁん、ふわふわだわ〜」

思わず背中に頬ずりすると、黒猫はビクリと体を震わせたものの、逃げも暴れもしなかった。リゼットを引っ掻いてしまったことを、ずいぶん気にしているらしい。

罪滅ぼしのつもりなのか、それともリゼットの膝の上が案外気に入ったのか、あれ以来毎日膝に乗ってくれるようになった。初めのうちは、「お膝に乗せてもいい？」と声をかけてから乗せていたが、今日はついに、リゼットが何も言わなくても自ら膝に乗ってきた。

そぅっと片方の前脚をリゼットの膝に乗せ、許可を求めるようにリゼットを見上げる。にこりとうなずいてみせると残りの脚も乗せ、安堵《あんど》したように膝の上で丸くなる。その一連の動作に、リゼットの表情はほわほわとゆるみっぱなしなのだった。

そうして始まったブラッシングだが、気持ちよさそうに目を細めているのを見るにどうやら黒猫も気に入ってくれたらしい。きっとこれまで以上に膝の上で過ごしてくれるだろうと思うと、ブラシをプレゼントしてくれたアルベールへの感謝の気持ちがむくむくと膨らんできた。

「旦那様に、何かブラシのお礼をしたいわ……」

頬ずりで乱れた毛皮に再びブラシを当てながら、リゼットは考えを巡らせる。

初めての贈り物。普通の夫婦であれば存分に気合いを入れるところなのだろうが、リゼットは仮初めの妻だ。あまり大げさなものは避けた方がいいだろう。公爵家のお金を盛大に使ってプレゼントを買うというのも、なんだか違う気がする。

それに、何を贈ればアルベールが喜んでくれるのか、リゼットには見当がつかない。好きな色は。趣味は。尋ねればきっと答えてくれるのだろう。けれど、自分の立場でどこまでアルベールのプライバシーに立ち入ってよいものか、リゼットは測りかねていた。

「仮初めの妻から贈り物をされてもご迷惑かもしれないけど、刺繍入りのハンカチくらいなら受け取っていただけるかしら……？」

「にゃーう」

黒猫が機嫌よさげにゆらゆらと尻尾を揺らす。それを見て、リゼットは背中を押された気持ちになる。

「そうよね、うん、決めたわ。どんな図案がいいかしらね……男の方だし、お花よりも家紋やイニシャルなんかの無難なものの方が使いやすいかしら」

「にゃん」

「でもせっかくだし、少しはこだわりたい気もするのよね……」

「にゃうにゃう」

考え始めると楽しくなってきた。刺繍には少しだけ自信がある。ちまちまと細かな作業を続けることが苦にならない性格なのだ。特技と呼べるほどではなく、あくまで貴族令嬢の趣味の域は出ないものの、出来映えを褒められたこともある。

「ふふ、昼間にやるべきことが増えて嬉しいわ」

なにしろ、リゼットには毎日時間がたっぷりあるのだ。あいかわらず、夫のアルベールからは妻としての役割は何も求められていない。屋敷の中に花を飾ったり領地の勉強をしてみたりと、自分なりにやることを見つけて日課にしてみてはいるものの、どうしても時間を持て余してしまう。

「昼食も、午後のお茶の時間も一人だし……」

一人きりの昼食の時間は、あっという間に終わってしまう。お茶の時間も同じだ。

美味しい気持ちを分け合う相手がいない食事の、なんと味気ないことか。たとえ会話は少なくとも、アルベールが同席してくれる朝食の時間が、リゼットは一番好きだった。

「旦那様は、昼間はお忙しくされているんだもの。仕方ないわよね……」

アルベールはよほど仕事が忙しいのだろう、昼食は自室で慌ただしく済ませたり、時には抜くこともあるのだと、マーサがこぼすのを聞いたことがある。そんなアルベールに、昼食に同席してほしいだなんてとても言えない。言える立場でもないと思っている。

もし、昼間もずっと黒猫と過ごすことができたらどんなにいいだろう。そんなことを想像する。黒猫の姿を見ただけで胸がときめき、膝に乗せて滑らかな毛皮を撫でれば心の底から幸せな気持ちが込み上げるのだ。退屈を感じる暇なんて一瞬たりともないに違いない。

「あーあ、アルが昼間も遊びに来てくれたら、退屈なんてしないのに……」

思わずそう漏らすと、黒猫が耳とヒゲをしょんぼりさせた。あいかわらず黒猫が訪れるのは夜に限定されていて、昼間は姿を見かけることすらない。

「さてはアル、あなた――」

ギクリ、と黒猫が体を強張らせる。

「私の他にも好《い》い人がいるんでしょう？　昼間は別のお家で飼われてるのね。どう？　当たりでしょう？」

いたずらっぽく問うと、黒猫は抗議するかのように「ナーゴ」と不機嫌な声で鳴いた。

「あら、別に隠さなくてもいいのに」

普段は別の家で飼われ、夜のほんのひとときだけリゼットのもとを訪れる。黒猫はそんな二重生活を送っているに違いない。

（それに、もしかしたら旦那様も――）

リゼットと朝食を共にした後は、ずっと自室にこもって仕事をしているというアルベール。昼間はたまに廊下や図書室で鉢合わせすることもあるが、夕方以降にアルベールの姿を見かけたことは結婚以来一度もないということに、リゼットは気がついていた。

夜は決して姿を見せない夫は、夜な夜などこかに出掛けているのではないか。もしかしたら恋人のところへ——。

そんなことを想像し、チクリと胸の痛みを覚えたリゼットなのだった。

第三章　縮まる距離

翌日の昼、いつものように自室に昼食が運ばれてくるのを待っていたリゼットを、侍女のマーサが呼びに来た。

「アルベール様が、ガゼボで昼食をご一緒にとのことです」

思いがけない言葉にリゼットは目を瞬いた。昼食に誘われるのは初めてのことだ。

「旦那様が私と？　どうして？　だってお忙しくされているのじゃ……」

「ふふ、何か心境の変化がおありなのでしょう。時間を作るために、午前中はいつも以上に仕事に励んでおられたようですよ」

そう言いながらマーサはなんだか上機嫌だ。

「さぁ奥様、髪とお化粧をお直ししましょうね」

「え、ええ……」

促されるままにドレッサーの前に座る。マーサは手際よくリゼットの化粧を直し、髪のリボンを綺《き》麗《れい》に結び直していく。今日もリゼットの髪型はハーフアップだ。まだ少し気恥ずかしさが残るが、ずいぶん見慣れてきた。

鏡越しにぼんやりとマーサの手元を見ているうち、最初に感じた驚きと戸惑いは次第に収まってきた。代わりに膨らんできたのは、そわそわと浮き立つような気持ちだ。

「さあ、できましたよ」

マーサがそう言って化粧用の前掛けを外したとき、鏡の中にはほんのり頬を染めた自分の姿があった。

「……マーサ、いつもより頬紅が濃いように思うのだけど」

「いいえ、いつもどおり薄《うっす》ら乗せただけでございますよ。奥様は濃いお化粧をなさらずとも美しいお肌をしていらっしゃいますから。……あら、でも確かに今日はいつもより血色がいいようですわ。ふふ、初めてのお二人でのご昼食、楽しいものになるといいですわねぇ」

そう言って目を細めるマーサに、リゼットはますます顔を赤らめ、小さくうなずいたのだった。

マーサの案内で庭園内のガゼボに向かうと、そこにはすでにアルベールの姿があった。いつも一人きりでお茶の時間を過ごしているガゼボ。そこにアルベールがいるというのはなんだか新鮮だった。

アルベールはすらりと長い足を組んで座り、手にした書類に視線を落としている。真剣な横顔は凛々《りり》しく美しい。ドキリと、ほんの一瞬リゼットの胸が高鳴った。

リゼットの到着に気づいたらしいアルベールが顔を上げた。そばに控えていたセバスチャンに書類を手渡し、リゼットを振り返る。

「午後も仕事の予定が詰まっているので、あまりゆっくりはできないのだが……迷惑だっただろうか？」

　ぼんやりと突っ立ったままのリゼットに、アルベールが小さく眉を寄せる。リゼットは慌てて首を横に振った。

「いえ！　あの……ご一緒できて嬉《うれ》しいです」

　そう言うと、アルベールは「そうか」と目元をゆるませた。

　リゼットが着席したのを合図に、すかさずセバスチャンとマーサが給仕を始める。

「あの、昼食の時間を作るためにお仕事を頑張ってくださったと聞きました。ご無理はなさっていませんか？」

「いや、無理はしていない。むしろ、昼食までという締め切りを設けた分、いつもより集中できて捗《はかど》ったくらいだ」

「それならいいのですが……あの、でも急にどうして……？」

　この一ヵ月余り、アルベールがリゼットと昼食を共にしたことはなかった。いったいどういう心境の変化があったというのだろうか。

　するとアルベールはわずかに視線を泳がせた。

「君が日中退屈だと……。いや、その、マーサから。マーサからそう聞いたんだが」

「まあ……」

　リゼットはにわかに気恥ずかしくなる。退屈しているだなんて、黒猫のアルの前でしか口に出したことはないはずなのに。

（マーサにはお見通しだったのね……）

「それで、せめて昼食だけでも一緒にと。俺が相手では楽しくもないだろうが……」

「そんなことありません！」

きっぱり否定すると、アルベールの金の瞳がまっすぐリゼットに向けられた。

「嬉しいです、とても。せっかくの美味《おい》しいお食事、旦那様とご一緒できたらいいなと思っていたのです。私のために時間を作ってくださり、ありがとうございます」

にこりと微笑《ほほえ》むと、アルベールの表情が和らいだ。

「……そうか、それなら良かった。君さえ良ければ、これからはなるべく昼食も一緒にとろう」

「はい、旦那様がご負担でないなら、ぜひ」

そんな話をしている間に、二人の前にカトラリーと料理が揃《そろ》った。自分とアルベールの皿を見比べ、リゼットは目を瞬く。

「……旦那様は、お昼はいつもそのようなお食事を？」

リゼットの前にはいつもの昼食と同じく、パンの他に、サラダ、グリルした鶏肉、卵料理などが盛り付けられた皿がいくつか並んでいる。

一方、アルベールの前には大きめの皿が一枚のみ。料理自体はリゼットのものと同じようだが、薄切りにした二枚のパンでそれらを挟んである。いわゆるサンドイッチだが、お茶会で供される一口サイズのものと違い、具だくさんでサイズも大きい。

「……ああ、こういう形式のことが多いな。書類をめくりながらでも手早く食べられるようにと、コックのレミが工夫してくれたんだ。君はのんびり食べてくれて構わない」

さっそく齧《かじ》り付いたサンドイッチを咀嚼《そしゃく》して飲み込んでから、アルベールが答える。

豪快な食べ方のはずなのにそれでも気品を感じさせるあたり、さすがは王族だと感心してしまう。食べ方が綺麗なせいか、アルベールの食べているものがなんだかとても美味しそうに見えた。

「あの……もしお手間でなければ、次からは私も旦那様と同じように調理していただけないでしょうか？」

おずおずと願い出ると、アルベールは食事の手を止め、怪訝《けげん》な表情でリゼットを見た。

「手間ということはないと思うが、女性には少々食べづらいのではないだろうか」

確かにこれほど分厚いサンドイッチを食べるとなると、口を大きく開けなければならない。人前で大きく口を開けるのはマナー違反とされる。特に女性の場合は良く思われない。

アルベールほど上品に食べるのはそう簡単ではないだろう。リゼットは、しゅんと眉を下げる。

「……そうですよね。旦那様に不快な思いをさせるわけには――」

「ありえない。不快などと、思うはずがない」

真顔できっぱりと言われ、リゼットはまたもや目を瞬く。

「俺しかいないんだ。気兼ねなどせず、君の好きなように食べればいい」

硬い表情に、そっけない口調。けれどその言葉が意味するのは、まるでリゼットを気の置けない家族として扱おうとするものに思えて。

リゼットの顔に自然と笑みが浮かぶ。

「でしたら、ぜひお願いします。せっかくご一緒するのですもの。旦那様と同じものをいただきたいですわ」

アルベールがわずかに目を見開く。その目は、眩《まぶ》しいものを見るかのように細められた。

「……そうか。ありがとう」

それだけ呟《つぶや》き、食事を再開したアルベールの表情はいつもより柔らかく、目元はほんのりと朱に染まっているように見えた。

アルベールは本当に時間に追われているらしく、早々にサンドイッチを食べ終わり、申し訳なさそうな顔をしながら慌ただしく仕事に戻っていった。それでもリゼットは、一人きりの昼食では得られない、大きな満足感を得たのだった。


その日は夕食もいつもと違っていた。

リゼットが自室で一人、夕食を食べ始めようとしたタイミングで、黒猫のアルが部屋にやってきたのだ。いつもよりかなり早い時間の訪問に驚いていると、黒猫はスタスタとソファの前を通り過ぎ、当然のような顔をしてリゼットの向かいの椅子に飛び乗った。

「まあ、アル。今日はずいぶんと早いのね。夕食はまだ？」

「ニャ」

「じゃあ、私と一緒に食べる？」

「ニャーオ」

「ふふ、少し待ってね。セバスチャンに相談してみるから」

催促するように尻尾《しっぽ》をくねらせる黒猫に微笑みかけ、リゼットは執事のセバスチャンを呼んだ。

やって来たセバスチャンは、椅子に堂々と鎮座する黒猫の姿を見るなり糸のような細い目を丸くして固まったが、すぐにいつもの落ち着いた表情を取り戻し、

「可能な限り奥様のご希望に添うようにというのが、アルベール様のご意向ですので」

と、黒猫の相伴を許してくれた。

「コックのレミは猫の食事にも詳しゅうございますので、すぐに準備は整うでしょう」

その言葉どおり、さほど待つこともなく猫用の食事が運び込まれ、黒猫の前に並べられた。お皿はいずれも少し深さのあるもの。中身を見ると、どうやらリゼット用の料理と同じものが、猫用にアレンジされているらしい。ナイフとフォークを使わなければならない塊肉は一口サイズに切ってあり、野菜やハーブの種類がいくつか減らされている。猫に害があると言われる玉ねぎやナッツ類を除いてあるようだ。おそらく、リゼットのものより味付けは薄く、温度も低くしてあるに違いない。

「まあ……。咄嗟《とっさ》に猫さん用のお食事を準備できるなんて、レミって本当にすごいのね」

リゼットは、さすが公爵家の使用人は優秀だわ、と感心したのだった。

「じゃあアル、いただきましょうか」

「ニャ……」

食前の祈りを終えたリゼットが黒猫に声をかけると、お行儀よく待っていた黒猫はためらうように

前脚だけをテーブルに乗せた。丸い金の瞳がじっとリゼットを見上げる。テーブルに乗ってよいものかどうか、お伺いを立てているような仕草だ。

「どうぞ。私は気にしないからテーブルの上で食べて。ふふ、アルは本当にお利口さんねぇ」

そう言って微笑むと、黒猫はそっとテーブルの上に座り、皿に口を寄せてゆっくりと食べ始めた。ピンと立てた耳を外側に向けてはぐはぐと食べるその姿を見ているだけで、ほわんと心が癒やされる。

「アルは食べる姿も可愛《かわい》いわね。それにとってもお上品だわ」

黒猫の食べ方はとてもお行儀のよいものだった。ぴちゃぴちゃと音を立てることはほとんどなく、食べ物をこぼしたり飛び散らせたりすることもない。

「すごいわ。アルのような賢い猫さんは初めてよ！」

「ニャウ！」

リゼットが褒めると、黒猫は小さな舌でぺろりと口の周りを舐《な》めてからリゼットを見た。その顔がなんだか得意げに見えて、思わず目尻が下がる。

「ふふ、おヒゲにスープが付いてる」

ナプキンでそっと拭いてあげると、黒猫は満足げに目をつむった。

「ごはん、美味しいわね。一人で食べるよりずっとずっと美味しいわ」

「にゃーん」

黒猫の尻尾が機嫌よさそうに揺れる。そんな黒猫を、リゼットは目を細めて見つめる。

「今日はね、旦那様がお昼をご一緒してくださったのよ」

「にゃ」

「それだけでも嬉しかったのに、夜はアルがお相伴してくれるなんて、今日は最高に素敵な一日だわ……」

「にゃん……」

幸せな気持ちに浸りながら、テーブル越しに黒猫の頭を撫《な》でる。黒猫が甘えるように、小さな頭をリゼットの手に寄せた。

◇

その日を境に、リゼットの毎日に三つの変化があった。

一つ目は、アルベールに贈るハンカチの準備を始めたことだ。

黒猫と夕食を共にした日の翌朝、マーサに髪を結ってもらいながら、アルベールに刺繍《ししゅう》入りのハンカチをプレゼントしたいと相談してみた。するとマーサは、「まあ！　それは素敵ですわ！」と道具や材料の調達を請け負ってくれた。

「ただ……お渡しするまで旦那様には秘密にしておいてほしいの」

「承知いたしました。サプライズプレゼントということでございますね？」

「そ、そういうことではないの。たいしたものではないし、さりげなくお渡ししたくて……」

仮初めの妻から「刺繍入りのハンカチを準備している」だなんて予告されたって、アルベールも反応に困るに違いない。もし迷惑そうな顔を見てしまったら、きっと心が挫《くじ》けてしまう。

「ねぇ、マーサ。旦那様は何かお好きな柄や色がおありかしら？　普段のお姿を見る限り、シンプルなものを好まれているように思うのだけど……」

朝食や昼食のときに会うアルベールは、たいてい白いシャツに黒のスラックスとベストという出《い》で立《た》ちだ。指輪やネックレスを身に着けているのは見たことがない。装飾品と呼べるものはベストのポケットに忍ばせた懐中時計くらいだが、これも実用目的で携帯しているように見える。

初めてこの屋敷に来て応接室の内装を見たときに想像したとおり、アルベールは装飾過多なものよりも簡素で品の良いものを好むようだ。そしてそれは、アルベール自身から受ける印象とよく合っているように思えた。

（本当に美しい人には、飾りなんて必要ないのだわ）

アルベールを見ているとそんなふうに感じてしまう。

飾り気がないというのはリゼットも同じ。お揃いのようで少しだけ嬉しい。けれど、自らの意志でそうしているアルベールと、母親の言いつけでそうしているだけの自分とではずいぶん違うように思えた。

「そうですわねぇ……そのあたりはあまりこだわりの強い方ではありませんし、奥様からの贈り物ならきっとどんなものでも喜ばれますよ」

「もう、マーサったら……そんなわけないでしょう」

リゼットは思わず苦笑してしまう。近頃マーサは、こういう冗談を時々口にするのだ。

「でもそれなら、やっぱり無難にイニシャルがいいかしら。色は、そうね、シンプルに白地に黒……それから少し金色もあしらいたいわ」

「では質の良い白いハンカチと、黒と金の糸を取り寄せましょう」

「ええ、お願い。何かもう少し工夫できるといいのだけど……」

艶やかな黒髪と満月のような金の瞳。頭の中から飾り文字の図案を引っ張り出し、アルベールの姿を思い浮かべているうちに、同じ色彩を持つ黒猫の姿がふわりと脳裏に浮かんだ。同時に、ドレッサーに飾られた小物入れの白猫とパチリと目が合う。

（あ……）

とある思いつきが浮かんだ。少しだけ躊躇《ちゅうちょ》してから、マーサに相談してみることにする。

「あのね、こういうの、旦那様はお嫌いかしら……？」

「まあ、それは……」

思いつきを明かすと、マーサは驚いたように目を見開き、それから考え込むように顎に指を当てた。

「やっぱりやめた方がいいかしら……」

「いえ……驚かれるとは思いますが、でも、アルベール様ならきっとお喜びになりますよ」

「本当にそう思う？」

なおも不安が拭えず眉を下げるリゼットに、マーサはふっくらと微笑んだ。

「ええ、もちろんですとも。素敵なアイデアだと思いますわ。わたくしも欲しいくらい……あら、これは口が滑りました。どうかお忘れくださいませ」

「ううん、嬉しい言葉をありがとう。じゃあ、ぜひマーサにもプレゼントさせてね。旦那様の後になるから、少しお待たせしてしまうけれど」

「まあ、よろしいのですか？　なんだか催促したみたいになってしまいましたが……ふふ、楽しみにしておりますね」

そう言われるとますます嬉しくて、少しでも早くプレゼントしたくなってしまう。

「あ、そうだわ、もし良かったら試作品で出来がいいのがあったらそれも――」

「それはいけません」

きっぱりと言われ、リゼットは言葉をのみ込んだ。家族でもないのに試作品をあげるだなんて気を悪くしたかと思ったが、続くマーサの言葉は予想とは違うものだった。

「たとえ試作品といえども、わたくしが先に頂戴したとあってはアルベール様が拗《す》ねて……いえ、がっかりされてしまいますわ」

「え？　まさか、そんなことは……」

「ございます。アルベール様はああ見えてやきもち焼きなのです。いえ、わたくしもつい最近知ったのですが……。ともかく、わたくしも恨まれたくはありませんので、一番にアルベール様に差し上げてくださいませ。絶対でございますよ」

「え、ええ……？」

まるでアルベールがマーサにやきもちを焼くかのように聞こえる。

（そんなことあるはずないのに、マーサったらまたおかしな冗談を……）

そう思ったものの、マーサが真面目《まじめ》な顔で念を押すので、リゼットは首をかしげつつもうなずいたのだった。


二つ目の変化は、アルベールと毎日昼食を共にするようになったこと。

場所はダイニングルームのこともあるが、天気の良い日は庭園のガゼボが定番だ。ガゼボの周囲ではちょうど、トマが丹精込めて育てたバラが色とりどりの花を咲かせている。

昼食は、リゼットのリクエストに応えて、アルベールと同じ具だくさんのサンドイッチが用意される。食べ慣れない分厚さに最初は少し苦戦したが、味は期待した以上に美味しかった。

挽《ひ》き肉と根菜が入ったオムレツを挟んだものや、厚切りのベーコンとチーズを挟んだもの。日替わりで出されるサンドイッチはどれも美味しいが、茹《ゆ》でた鶏肉とたっぷりの野菜やハーブを一緒に挟んだものが特にお気に入りだ。リゼットの見たところではアルベールも同じものを好んでいるようで、なんだか嬉しい気持ちになる。

あいかわらず、たいして会話が弾むわけではない。リゼットが報告のように日々の出来事を話し、アルベールがそれに相槌《あいづち》を打つ程度。

リゼットの一番の楽しみは黒猫のアルとのふれあいなので、話す内容は自然とアルのことが中心となった。

「最近、黒猫さんが夕食にお付き合いしてくれるようになったんです」

これが三つ目の変化。

あの日以来、黒猫は毎日夕食どきにリゼットの部屋にやってくるようになった。使用人達も心得たもので、何も言わずとも黒猫の食事をテーブルに並べてくれる。

夕食の時間が楽しくなったのはもちろん、黒猫の滞在時間が長くなったのも嬉しい変化だった。おかげでますます黒猫と仲良くなれた気がする。

「そうか。君が楽しそうでなによりだ」

アルベールがわずかに目元を和らげ、食後の紅茶を啜《すす》る。

「旦那様はやっぱり……」

夕食をご一緒するのは難しいのでしょうか。その問いかけを、リゼットはすんでのところでのみ込んだ。

（いけない。いつの間にか欲張りになってしまっていたのだわ……）

夕食の席に黒猫のアルがいて、その上アルベールがいたらどんなに楽しいだろうと、いつの間にかそんなことを思ってしまったのだ。

（結婚式の日に言われたことを、決して忘れてはいけないわ……）

君を愛することはできないと、明言されたのだ。その理由をアルベールは告げなかったが、きっと夜に姿を見せないことと関わりがあるのだろう。気にならないと言えば嘘《うそ》になる。けれどそこに踏み込むのは躊躇《ためら》われた。

（きっと私は知らない方がいい。これ以上期待しては駄目よ。今だって、旦那様は仮初めの妻に充分良くしてくださってるじゃないの……）

もやもやとした気持ちに無理矢理蓋をし、リゼットは口角を上げた。こんなときは猫の話題に限る。

「そうそう、旦那様にいただいたブラシのおかげで、ますます艶々のふわっふわになったんですよ！」

「役に立ったようで良かった」

猫には興味がない様子だったのに、黒猫の話に相槌を打つアルベールの表情はどことなくゆるい。

リゼットもつい饒舌《じょうぜつ》になる。

「顎の下を優しく撫でると喉をゴロゴロ鳴らすのが、それはもう可愛くって！」

「そうか、可愛いか」

「耳の付け根を撫でられるのも好きみたいですね」

「そう、か」

「尻尾の付け根をわしゃわしゃと撫でたら、お尻を高く上げてとっても気持ちよさそうで」

「そ、それは」

「昨日はついに、お腹《なか》に顔をうずめてスーハーさせてもらえたんです！　ふわふわでいい匂いで、まさに夢見心地《ゆめみごこち》でしたわ！」

「……」

「次は抱っこして一緒のベッドで寝たいと思っているのですけど、なかなか応じてくれなくて……あの、旦那様……？」

気づけばいつの間にかアルベールは両手で顔を覆ってしまっていて、耳が真っ赤に染まっている。

「旦那様、もしやご気分が優れないのでは？」

「いや……大丈夫……だ……」

「でも」

息も絶え絶えに「大丈夫」と繰り返すアルベールに、リゼットは首をかしげたのだった。


そんな日々が半月ほど続いたある日の夜更け、リゼットはいつものように黒猫を膝に乗せ、優しくブラシを当てていた。夕食を終えた後はこうして黒猫とゆったり過ごすのがすっかり定番になった。リゼットにとってなによりの癒やしのひとときだ。

ブラッシングしながら、黒猫にその日の出来事を話して聞かせる。いつの頃からか、話す内容はアルベールのことが中心になっていた。

「今日ね、刺繍したハンカチを旦那様にお渡ししたのよ」

「にゃ」

材料を取り寄せてもらい、いくつかの試作を経て、満足のいくものができたのが昨日のこと。さっそく今朝、朝食で顔を合わせたときにアルベールに手渡したのだ。そのときのことを思い出し、リゼットの鼓動がわずかに速くなった。

「遅くなってしまいましたが、猫用ブラシのお礼です。あの、ありきたりなものでお恥ずかしいのですが……」

「ああ……」

深緑色の包装紙と金色のリボンでラッピングした小さな包みを差し出すと、アルベールは無表情のままそれを受け取った。

「開けてみても？」

「は、はい……」

アルベールの長く形の良い指がリボンをほどくのを、リゼットはドキドキと見守った。包装紙が開かれ、中から四つ折りにしたハンカチが姿を現す。

「……君は刺繍が上手《うま》いんだな」

ハンカチを目にしたアルベールの言葉に、リゼットはホッと安堵《あんど》の息をつく。

白いハンカチに刺したのは、アルベールのイニシャルである「A」の文字。黒と金の糸を使い、少し凝った飾り文字にした。事前にマーサに見せ、「素晴らしい出来映えですわ！」とのお墨付きをもらってはいたものの、アルベールの目にどう映るか気になっていたのだ。

「ん？　もう一枚あるのか」

リゼットの心臓がドキリと跳ねた。アルベールが、上に重ねていた方のハンカチをめくる。下から現れた二枚目のハンカチに目を落とした途端、ピタリとその動きを止めた。

「これは……」

アルベールの目がわずかに見開かれる。実は刺繍入りのハンカチは、柄の違うものを二枚用意していたのだ。一枚は無難にイニシャルを刺繍したもの。もう一枚は――。

「黒猫……」

金の糸で刺繍したイニシャル。その隣にちょこんと刺繍したのは、正面を向いて座る黒猫のシルエット。

「あ、あの、毎晩遊びに来てくれる黒猫さんをモデルにしたのです。私の祖母が生前、可愛がっていた白猫をモデルに小物入れを作っていたのですが、ずっとそういうのに憧れていて……」

ドキドキと落ち着かない気持ちを紛らわせるように、早口で経緯を説明する。同じ色彩ゆえに連想してしまったというのは、アルベールが気を悪くするかもしれないので黙っておいた。

けれどそんなリゼットの話が耳に入っているのかいないのか、アルベールは片手で口元を覆い、黒猫の刺繍を凝視したまま動かない。眉間には深い皺《しわ》が寄っている。

「それで、その、私も大好きな黒猫さんをモデルに何か作りたいと思いまして……」

だんだんと声がしぼんでいく。

(ああ、気を悪くされたのだわ……)

猫は苦手ではないが好きでもないと、初めにアルベールは言っていたではないか。いつも黒猫の話に機嫌よく耳を傾けてくれるものだから、実はアルベールも猫が好きなのではないかと、いつのまにか錯覚してしまっていた。それはただリゼットに合わせてくれていただけだったというのに。

逃げ出したいほどのいたたまれなさに、リゼットはうつむいた。お腹の前で組んだ手の指先が急速に冷えていく。

「あの、申し訳ありません、私の趣味を押し付けてしまいました。旦那様は猫がお好きではないのに……。どうか忘れてください。これは自分で使いますので……」

黒猫のハンカチを返してもらおうと伸ばした手を止めたのは、アルベールだった。そっと包み込むように右手を握られ、リゼットはおずおずと顔を上げた。

「……嫌ではない。むしろ、嬉しい」

「旦那、様……」

「ありがとう。大切にする、二枚とも」

アルベールの整った顔に、柔らかな微笑みが浮かぶ。それは息をのむほどの美しさだった。リゼットは瞬《まばた》きも忘れて見入る。次の瞬間、頬に熱が集まった。

「あ、ありがとうございます……」

火照った顔を隠したくて、リゼットは再びうつむいた。


そんなことを思い出しながら、ゆったりと黒猫の背を撫でる。

右手に伝わる、滑らかでふわふわな毛の感触と温《ぬく》もりは、いつだってリゼットの心を癒やしてくれる。

(旦那様の手も、温かかった……)

黒猫を撫でるのを止め、自身の手をじっと見つめれば、アルベールの手の感触がありありとよみがえった。

大きくて、少し硬くて、そして温かい手だった。冷えたリゼットの手を温めてくれたその手の心地よさは、黒猫から得られるものと似ているようで、どこか違っているように思えた。

「……ハンカチ、受け取ってくださって良かったわ」

しみじみと、リゼットは呟く。

「使ってくださると嬉しい……なんて、欲張ってはいけないわね」

リゼットが苦笑すると、膝の上で丸くなっていた黒猫がむくりと体を起こした。リゼットに向き直り、なにやらウニャウニャと喋《しゃべ》り出す。

「にゃうにゃう」

「アル、どうしたの？　珍しくお喋りね」

「にゃーうにゃう、にゃうにゃうにゃう」

「ふふ、何を言ってるのかちっともわからないけど……そんなアルも最高に可愛いわ！」

「ふにゃっ⁉」

思わず両手で抱き上げ、首の横あたりに頬ずりをする。

「ああんもうっ、ふわふわでいい気持ち！　このずっしり感がたまらない……」

「にゃ……う……」

至福の感触に一気にテンションが上がり、ちゅっ、ちゅっと、おでこ、首の横、ふわふわの胸、そしてお腹へと順々にキスを落としていく。黒猫は大人しくされるがままだ。さらにお腹に顔をうずめてスーハーすると、違法な薬草でも摂取したかのようなとんでもない幸福感に包まれた。

「はぁ〜、幸せ……」

腹毛のふわふわ感とお日様のような匂いを思う存分堪能し、恍惚《こうこつ》の表情で呟くと、黒猫の口から「にゃ……」と力ない声が漏れた。

黒猫はそのまましばらく放心したように固まっていたが、やがてリゼットの膝から飛び降りると、前脚を伸ばしてぐーんと大きく伸びをした。リゼットの部屋を去るときのお決まりのポーズだ。

「……やっぱり今日も帰ってしまうの？」

リゼットは眉を下げて黒猫を見つめる。時間はすでに深夜。日付が変わろうかという頃だ。黒猫はいつも、このくらいの時間になると部屋を出て行ってしまう。

「ねぇアル、たまには私のベッドで一緒に寝ましょうよ。大丈夫、私わりと寝相はいい方だから、寝ぼけてアルを潰したりなんてしないわ」

黒猫と朝までずっと一緒にいたい。アルを抱いて寝たらどんなに幸せだろうとリゼットは夢見ているのだが、どんなにお願いしても黒猫はベッドに入ろうとはせず、リゼットの就寝前には部屋を出て行ってしまう。

今日も黒猫は、申し訳なさそうにヒゲをしょんぼりさせつつも、窓の方へと足を向けた。

「そう……。わかったわ。困らせてごめんなさい。明日も待ってるわね」

寂しい気持ちをこらえ、微笑んでみせる。黒猫は「にゃーん」と一声鳴くと、何度も名残《なごり》惜しそうに振り返りながら、窓の隙間から出て行った。

黒猫の輪郭が闇に溶けるのを見届け、リゼットは静かに窓を閉めた。

◇

「え、仕立屋さんが？」

数日後の昼過ぎ、マーサから仕立屋の来訪を告げられ、リゼットは小さく眉をひそめた。

(仕立屋さんを呼んだ覚えはないのだけど……)

戸惑いながら応接間に向かったリゼットは、扉を開けたところで呆然《ぼうぜん》と立ち尽くした。

そこには、夢の世界にでも迷い込んだかと思うような色鮮やかな光景が広がっていたのだ。

応接間に所狭しと並ぶのは、色とりどりのドレスをまとうトルソー。赤、青、紫、黄、緑……。

レースやリボンがひらひらと躍り、縫い付けられたビーズや宝石は、窓からの光を浴びてキラキラと輝いている。

そんなドレスの花園の中心に、ドレスに負けないくらい華のある女性が立っていた。

その身にまとうのは、黒と見紛《みまが》うような濃い紫色のシックなデイドレス。きちんと結い上げられた艶やかな栗色《くりいろ》の髪には、蝶《ちょう》をモチーフにした髪飾り。わずかにつり上がった灰色の大きな瞳は力強くきらめき、形の良い唇を真っ赤な口紅が彩る。

見覚えのあるその女性は、リゼットの顔を見ると優雅に腰を落とした。

「ご無沙汰しております、奥様。再びお目にかかれて嬉しゅうございます」

「あなたは確か……」

「メゾン・ド・パピヨンのジャクリーヌでございます。ご成婚の折にはわたくしどもにウェディングドレスをお任せいただき、たいへん光栄なことでございました」

そう言って、エレノーラ王妃殿下御用達《ごようたし》のメゾンのトップデザイナーは、艶やかに微笑んだ。

メゾン・ド・パピヨン。王都でも一、二を争う人気の仕立屋は、半年先まで予約が埋まっていると評判だ。

そんな人気店にウェディングドレスの注文を、それも結婚式のわずか二ヵ月前にねじ込んだのは、エレノーラ王妃殿下であった。王太子妃時代から長く贔屓《ひいき》にしているらしい。

王妃直々の命を受け、リゼットのウェディングドレス作りの指揮をとったのが、このジャクリーヌであった。当時のリゼットは、突然始まった怒濤《どとう》の結婚準備にいっぱいいっぱいで、ウェディングドレスのデザインにまで考えを巡らせる余裕が持てなかった。「上品に」とか「清楚《せいそ》に」といった抽象的な希望だけを伝えてあとは仕立屋に丸投げしてしまったのだが、ジャクリーヌは見事にリゼットに似合うドレスを作り上げてみせたのだった。

「奥様から再びお声がかかるのを心待ちにしておりましたのよ。ようやく念願が叶《かな》いましたわ！」

美しい笑みと共にそう言われ、リゼットはますます戸惑ってしまう。仕立屋を呼んだのはリゼットではないのだ。

「あの、私は……」

「俺が呼んだんだ」

背後からかけられた声に、リゼットは目を丸くして振り返った。ジャクリーヌが再び深く腰を落とす。いつもならこの時間、部屋にこもって仕事に励んでいるはずのアルベールが、応接間の入り口に立っていた。

「旦那様。お仕事はよろしいのですか？」

「ああ、調整したので問題ない。仕立屋は、君にドレスをプレゼントしたいと思って俺が呼んだ。先日のハンカチのお返しだ」

「ええ!?　あんなハンカチくらいで、そんな……」

リゼットはくらりと眩暈《めまい》がしそうになる。そもそもあのハンカチは猫用ブラシのお返しなのだ。さらにそのお返しだなんて、しかもたかがハンカチにドレスだなんて、発想がおかしい気がする。

「あんな、などと卑下しないでほしい。あのハンカチには君の気持ちがこもっていた……と思ったのだが、もしや俺の勘違いだったのだろうか……」

「か、勘違いではありません！」

リゼットは慌ててふるふると首を横に振った。猫用ブラシを贈ってくれたアルベールへの感謝、それに大好きな黒猫アルへの愛情を込めて刺したのだ。気持ちなら、たっぷりこもっている。

「……でも、ドレスだなんて素晴らしいものをいただいてしまっても、私にはもう、お返しできるものが何も……」

「そんなことを気にする必要はない。君には元々、シャトラン公爵夫人としてドレスを誂《あつら》える権利があるんだ」

「ですが……」

「それでも気になるというなら、君がドレスを着てくれることがお返しになると、そう考えてもらえないだろうか」

「そんなことが……っ」

お返しになるわけがない、という言葉をリゼットはのみ込んだ。

「俺の気持ちも受け取ってほしい。……迷惑でなければ」

リゼットをまっすぐに見つめる金の瞳が、かすかに揺れる。それはほんの小さな表情の変化。けれどまるで迷子の幼子のように見えてしまい、リゼットの胸がキュッと締め付けられた。

「……迷惑だなんて、そんなことありません……」

戸惑いはあるけれど。

(だって、私は仮初めの妻なのに……)

今でも充分、快適な生活をさせてもらっている。その上、ドレスを仕立ててもらう理由があるとは思えないのだが――。

「……そうか。良かった」

アルベールがふわりと目元を和らげた。その表情に、リゼットはそれ以上何も言えなくなってしまったのだった。

「それでは奥様、まずはわたくしからご説明させてくださいませ」

二人の押し問答に決着がついたのを見て取ったジャクリーヌが、待ってましたとばかりに前に進み出た。二人をソファに座るよう促してから、ずらりと並ぶトルソーを手で示す。

「こちらはドレスのサンプルでございます。ご参考にしていただくためにお持ちいたしました。この中にお気に召したデザインがございましたら、お好きな色と生地をお申し付けくださいませ。レース、リボン、宝石、ボタン、刺繍などの装飾も自由にアレンジしていただけます。もちろん、もしお時間を頂戴できるようでしたら、ドレスを一からデザインすることも可能ですわ。わたくしとしましては、ぜひ一着は、奥様のためだけのオリジナルのドレスをデザインさせていただきたいと考えております！　奥様はどのようなドレスがお好みでいらっしゃいますか？」

「えっ。えぇと……」

ジャクリーヌの勢いに圧倒され、リゼットは視線を彷徨《さまよ》わせた。目の前にはシルエットも色も装飾も様々なドレスが、二十着以上並んでいる。

大輪のバラのような真紅のドレス、氷の結晶を思わせる薄青のドレス、南国の果物のような鮮やかなオレンジ色のドレス、甘い砂糖菓子のようなピンクのドレス……。見ているうちに頭がくらくらしてきた。

「……ごめんなさい。よく、わからないわ……」

ドレスから視線を逸《そ》らし、リゼットはうつむいた。

「どれも素敵だとは思うの。でもこのとおり私は地味だし、こんな華やかなドレスを着こなすことなんて、とても……」

「まあ！」

ジャクリーヌが驚いたように目を見開いた。

「もしや奥様は、ご自分のことを地味だとお考えなのですか？」

考えるも何も、リゼットにとってそれは確固たる事実だ。これまでの十八年間、家族からそう言われ続けてきたのだから。

「奥様は地味ではございませんわ。デザイナーとしての誇りにかけて断言いたします。もし奥様を見て地味だなどと評する人がいるとしたら、なんて残念な目と語彙力をなさってるのかしらと、いっそお気の毒になるほどですわね！」

「そ、そんなこと……」

リゼットを慰めるにしても大げさすぎて、反応に困ってしまう。するとジャクリーヌはアルベールにまで同意を求めた。

「ね、閣下もそう思われますでしょう？」

「ああ、そうだな」

アルベールの答えに迷いは見られなかった。その背後でマーサとセバスチャンもうんうんとうなずいている。

「君は地味なのではなく……」

アルベールはじっとリゼットを見つめ、言葉を探すように小さく首をかしげた。

「……透明、だと思う」

満月のような金の瞳が、まっすぐにリゼットを映す。

「月光の下で輝く夜露のように、透明で、美しい」

アルベールの声は、吐息のようにそっとリゼットの耳に染み込んだ。息をのみ、若草色の目を瞠《みは》る。

美しいと、そう聞こえた気がする。聞き間違いだろうか。そんなことありえないのに。でも確かにそう聞こえたのだ。

何も言葉にならないまま、けれど目を逸らすこともできず、リゼットは魅入られたように金の瞳を見つめ続ける。

先に視線を逸らしたのはアルベールだった。片手で口元を覆う。耳がほんのりと赤い。

「……すまない。おかしなことを言った……」

「い、いえ……」

つられてリゼットも頬を染めた。にわかに心臓が騒ぎ出す。

まあ、と華やいだ声を上げたのはジャクリーヌだった。

「すっかり見せつけられてしまいましたわ！　お二人がこんなにもお熱いご夫婦でいらっしゃったなんて！」

ジャクリーヌの言葉に、リゼットとアルベールは真っ赤な顔を見合わせる。

「いや……」

「ちが……」

「んもうっ、なんて初々しくていらっしゃるのかしらっ！　わたくしまでときめいてしまいましたわ！　社交界の噂《うわさ》など本当にあてになりませんわね！」

二人の弱々しい訂正の言葉など耳に入っていない様子で、ジャクリーヌは拳を握りしめて身悶《みもだ》えする。

けれど次の瞬間には、きりりとしたトップデザイナーの顔に戻った。

「それはさておき、さすがは閣下ですわ。奥様の本質を的確に掴《つか》んでいらっしゃいます。そう、奥様の一番の魅力は、いまだ何にも染まらない無垢《むく》な透明感なのです」

意味がわからず眉を下げるリゼットに、ジャクリーヌが微笑みかけた。

「たとえば、わたくしをご覧ください」

そう言って、ジャクリーヌはさながら観客を前にした舞台女優のように両腕を広げた。

「わたくしの容姿について、どのような印象を持たれますか?」

戸惑いつつも、リゼットは改めてジャクリーヌをまじまじと見る。

すらりと背が高く、女性らしいメリハリのある体型。ややつり上がった大きな灰色の目に、長い睫毛《まつげ》。紅い唇はぽってりと厚い。歳は三十前後だろうか。溢《あふ》れ出そうになる色気を、シックな濃い紫色のドレスが引き締めている。

「ええと……その、素敵です。綺麗で、格好良くて、妖艶で……とにかく華があるわ」

「まあ。過分なお褒めの言葉、光栄に存じますわ」

ジャクリーヌはにこりと微笑んだ。

「このとおり、わたくしは体格も良いですし、顔立ちもどちらかというと派手です。自分で言うのもなんですが、華やかな格好や色気のある格好は様になるのです」

リゼットは無言でうなずく。

「ですが一方で、清楚な格好や可愛らしい格好はあまり似合いません。たとえば……こういったドレスなどは」

そう言って、花びらのようなティアードが美しい、薄ピンク色のドレスを自身に当ててみせる。確かに、その可愛らしいドレスとジャクリーヌはちぐはぐに思えた。

「その点、奥様には……お気を悪くなさらないでいただきたいのですけれど、外見上、際だった特徴がございません。クセがない、と言い換えてもいいかもしれませんわね。見る目がない人はそれを地味と評するのでしょうけれど、わたくしに言わせれば、奥様には無限の可能性があるのですわ！」

「む、無限の可能性……？」

思いもよらない言葉と勢いに、リゼットは面食らう。

「ええ。初めて奥様にお目にかかったときから、この方はとんでもない逸材だと確信しておりました。奥様でしたら、どんな色、どんなデザインのドレスでも着こなせますわ。公爵夫人でなければ、我がメゾンの専属モデルにお誘いいたしましたのに！」

「ええ……？」

「それは困る」

リゼットとアルベールの困惑した声が重なる。

「まあ、さすがにそれは諦めますけれど。ともかく、奥様はドレスと小物、お化粧、それに髪型次第で、どんな印象でも作れますわ。真っ赤なドレスで情熱的にも、紫のドレスで妖艶にも。ピンクをまとえば花の妖精のように可愛らしくなるでしょうし、新緑色で森の女神のように神秘的にもなれますわ。さあ、奥様はどのようなご自分になりたいですか？」

リゼットは絶句する。怒濤のようなジャクリーヌの言葉が頭の中でぐるぐると渦を巻く。

(地味な私が、どんな自分にもなれる？　そんなこと……)

あるはずない、と思う。けれど確信に満ちた様子で微笑むジャクリーヌの前で、口に出す勇気はなかった。

縋《すが》るようにアルベールに目をやると、ジャクリーヌに同意するかのように、小さなうなずきが返ってきた。

(信じられない。だけど……)

信じてみたいと、リゼットは思う。

「私は……」

目を閉じて、幼い頃からのことを思い出す。

品良くあれと言われ、色味の乏しいドレスをまとう横で、華やかなドレスをまとう妹がうらやましかった。

ミシェルのように明るく可愛らしい女の子になりたかった。みんなに愛されたかった。

けれど今は――。

ゆっくりと目を開き、もう一度アルベールを見る。満月のような瞳と目が合った。アルベールは静かに、リゼットを見つめ続けてくれていた。

小さくうなずいてみせ、リゼットはジャクリーヌに向き直った。

「……私は、上品な私になりたいです」

今なりたい自分。そう考えたとき、自然とアルベールのことが胸に浮かんだ。

(私は、旦那様の隣に立つにふさわしい女性になりたい。美しくて気品のある、旦那様の隣に……)

上品であれと、母親に押し付けられてきた。そこから逃げ出したかったはずなのに、皮肉なものだと思う。けれど、押し付けられたからではない。自分で決めたのだ。そう思うと、ふわりと心が軽くなるのを感じた。

「上品！　いいですわね。奥様にとてもお似合いだと思いますわ」

ジャクリーヌの言葉にホッとする。

「ではその方向で考えてまいりましょう。お色はどのようなものがお好きですか？」

「好きな色……」

咄嗟に出てこない。

「たとえば、今日お召しのような茶色はお好きでいらっしゃいますか？」

「これは……」

自身がまとう薄茶色のデイドレスを見下ろし、自嘲の笑みを漏らす。

「茶色や紺やグレーは、本当は私ではなく母が選んだものなの。こういう色ばかり着ていたので、落ち着くことは落ち着くのだけど……」

「あら、身につけていて落ち着くというのは大切なことですわ。気持ちを上向かせてくれる色も良いですが、いつもそればかりでは疲れますもの。心穏やかに過ごしたい日もございますからね」

ジャクリーヌの言葉に、リゼットは目を瞬いた。

「そんなふうに考えたことはなかったわ……」

「どのような色に心が浮き立つか、あるいは心が穏やかになるか。色々お試しになってはいかがでしょう？　ね、閣下？」

「ああ、そうだな。せっかくの機会だ、好きなだけ仕立てるといい」

「さすがですわ、閣下。そうこなくては！」

そこから本格的にドレス選びが始まった。

「わたくしのおすすめは、まずはこれです」

「ああ、彼女に似合いそうだな」

「このお色もぜひ一度お試しいただきたいですわね！」

「そうだな、それも良さそうだ」

「あ、あの、そんなにたくさんは……」

次々と勧めるジャクリーヌ。その全てにうなずくアルベール。慌ててそれを止めようとするリゼット。アルベールを諌《いさ》めてくれるどころかジャクリーヌと意気投合して意見を言い始めるマーサ。黙ってなりゆきを見守るセバスチャン。

賑《にぎ》やかなドレス選びは夕方近くまで続き、結局、普段使いのワンピースを十着と外出用のデイドレスを五着作ることが決まったのだった。

「それでは出来上がりを楽しみになさってくださいませ。次はイブニングドレスのご注文をお待ちしておりますわ！」

疲れも見せず笑顔でジャクリーヌが去った後、リゼットとアルベールはぐったりとソファに沈み込んだ。マーサが淹《い》れてくれた紅茶で喉を潤し、ようやく一息つく。

「……ドレス選びというのは、思いのほか疲れるものなんだな」

「そうですね……。でも」

アルベールの視線が無言で先を促してくる。

「とても楽しかったです。旦那様、今日は本当にありがとうございました」

清々《すがすが》しい気持ちで微笑む。ドレス選びをこんなに楽しく感じたのは、生まれて初めてのことだった。

この疲れすらも心地よい。

「……そうか」

ぽつりと応えるアルベールの目が、またもや眩しいものを見るように細められた。

半月後、注文していたワンピースが届けられ、さらにその半月後にはデイドレスも届けられた。

そこから、朝食や昼食のときに日替わりで新しいワンピースやデイドレスをまとい、アルベールにお披露目するのがリゼットの日課に加わった。どれを着てみせてもアルベールの反応は「よく似合っている」という代わり映えしないものだったが、そのたびに向けられる小さな微笑みに、リゼットの胸は小さく高鳴った。

夜はあいかわらず黒猫がやってきて、夕食から就寝前までの時間を一緒に過ごす。

それまでは撫でたり抱いたりが中心だったが、あるときから猫じゃらしで遊ぶようにもなった。ドレスを仕立てた数日後に、「君が欲しがっていると聞いて……」とアルベールがプレゼントしてくれたのだ。

木の棒の先に鳥の羽根が取り付けられた猫じゃらし。子猫ではないので興味はないかもしれないと心配していたのだが、黒猫は期待以上の良い反応を見せてくれた。興奮した様子で猫じゃらしを追いかけて跳んだりはねたり転がったりする黒猫の愛らしい姿に、リゼットもまた大興奮した。

玩具《おもちゃ》で楽しく遊べることがわかると、もっと他の物も欲しくなるのが自然のなりゆきというもの。

さらに、アルベールに刺繍入りのハンカチを贈ってからというもの、物作りへの意欲も高まっていた。

（アルに手作りの玩具をプレゼントしたいわ。何がいいかしら……）

まず作ったのは布製のボール。

猫の鋭い爪に負けないよう、しっかりとした布で作ったカラフルなボールの中には、綿と一緒に鈴も詰め込んだ。転がると音が鳴るボールは、黒猫にもなかなか好評だった。

リゼットがボールを軽く放るとタタッと追いかけ、前脚で蹴っては転がるボールをまた追いかける。

しばらく夢中で追いかけた後、ハッと我に返ったようにボールを咥《くわ》えてリゼットのもとに戻ってくる。

そんなとき、なぜか黒猫のヒゲと尻尾はしょんぼりと垂れているのだが、リゼットがもう一度投げると再び目を輝かせてボールを追いかける黒猫なのだった。

次に作ったのは、魚の形をしたぬいぐるみだ。黒猫が抱きかかえるのにちょうど良いサイズ。

本当は中に、猫がメロメロになるというマタタビを仕込んでみたかったのだが、マーサに調達をお願いしたところ、妙に焦った様子で止められた。

「あの、でも奥様、マタタビはその、与えすぎると体に悪いと聞いたことがありますし、黒猫様に万が一のことがあっては……」

そう言われ、リゼットは「それもそうね」とあっさり引き下がった。マタタビで良い気持ちになってくれたらと思ったのだが、もしもそのせいで黒猫が体調を崩すようなことがあれば悔やんでも悔やみきれない。

そういうわけで綿だけを詰めたカラフルな魚型のぬいぐるみをプレゼントしたのだが、これもまた黒猫はお気に召したようだった。

初めは興味なさそうに鼻先で突《つつ》いていたのだが、そうするうちに何やら猫の本能が刺激されたらしい。前脚でぬいぐるみを抱えて噛《か》みつくや、ゴロンゴロンと床に転がりながら後ろ脚でぬいぐるみを熱心に蹴り始めたのだ。その華麗で可愛らしい猫キックにリゼットが魅了されたことは言うまでもない。

「アル、とっても素敵だわ！」

リゼットがニコニコしながらそう声をかけると、黒猫はハッとした顔で動きを止め、なぜかポトリとぬいぐるみを放してしばらく床で放心していたのだった。

あれこれ作るうちに、玩具だけでなく手作りの首輪をプレゼントしたい気持ちも浮かんだ。

美しい漆黒の毛並みには、きっとどんな色の首輪でも映えることだろう。自分の見立てた首輪でアルを飾りたい。黒猫に、リゼットとの繋《つな》がりを常に感じていてほしい。そんな欲に囚《とら》われそうになったが、リゼットは思いとどまった。

（駄目よ。アルは私だけの猫さんではないんだもの……）

昼間は決して姿を見せない黒猫。きっとアルにはリゼットの他に正式な飼い主がいて、昼間はそちらの家で過ごしているに違いないのだ。そんなアルに勝手に首輪をつけていいはずがない。

首輪のことはすっぱり諦め、リゼットは再び玩具作りに励んだ。

手作りの玩具の中で黒猫が最も夢中になったのは、ネズミのぬいぐるみだった。

手の平に乗るくらいの大きさのネズミのぬいぐるみと木の棒を、細い紐《ひも》で結びつけた玩具。木の棒をリゼットが持ち、猫じゃらしの要領でネズミを動かしてみせると、黒猫は目を輝かせて飛びついた。大興奮でネズミを追いかける黒猫の愛くるしい姿に、リゼットの胸はキュンキュンとときめきっぱなしなのだった。

そんなリゼットの毎日を、マーサ達使用人が静かに見守ってくれる。

こうして、リゼットが嫁いでから四カ月が、穏やかに過ぎていった。

そんなある日、リゼットのもとに、妹のミシェルから一通の手紙が届いた。

第四章　刺さった棘

「はぁ……」

つい漏れてしまった憂鬱なため息に、黒猫がピクリと耳を動かした。

すっかり定位置となったリゼットの膝の上、真ん丸の目でリゼットの顔を見上げてくる。

「あ、たいしたことではないのよ。ちょっと、実家の妹から手紙がね……」

安心させるように黒猫の背を撫《な》でながら、リゼットはもう一度密《ひそ》かにため息をついた。

妹のミシェルから手紙が届いたのは、その日の昼食後のことだった。

内容は姉の結婚生活を案じるもの。続いて、久しぶりに顔を見たい、実家のドゥーセ伯爵邸でお茶をしましょう、というお誘いの言葉が並んでいた。

ワケアリの相手に嫁いだ姉を心配する、姉想《あねおも》いの妹からの手紙。

客観的にはそういうふうにしか読めないし、きっとミシェルもそういうつもりで書いているに違いないと思う。

「なのに憂鬱になってしまうのは私自身の問題。それはわかっているのだけど……」

わかってはいても、実家の家族のことを思い出すと懐かしさよりも重苦しい気持ちが勝ってしまう。

「婚約解消のこと、うまく心の整理がつけられないままだったからかしら……」

妹に婚約者を奪われて。両親はあっさり婚約者をすげ替えることを決めた。そしてリゼットは、厄介払いのようにアルベールのもとへ嫁いできた。

全てはあっという間に進んでいった。リゼットの気持ちを置き去りにして。

家族に疎まれていたとまでは思わない。ただ、跡取り息子の兄と、甘え上手の妹に挟まれて、リゼットの存在は少しばかり軽かったのだ、と思う。

『おにいさまがわたしのおにんぎょうをこわしたの……』

『わざとじゃないもん！　ちょっと見たかっただけなのに、リゼットが放さないから悪いんだろ！』

『はぁ……。わざとではないと言ってるのだから許してあげなさい。お前は優しい子だろう？　リゼット』

『……はい、おとうさま』

片腕の取れた人形を抱きしめ、幼いリゼットはうつむいた。

『お姉様のブローチとっても可愛《かわい》い！　ミシェルにも貸して！』

『でもこれは、お祖母様《ばあさま》が私のお誕生日にくださった大切な……』

『お姉様のけち！　どうしてそんな意地悪を言うの？』

『貸してあげるくらい、いいじゃないの、リゼット。あなたは優しいお姉様でしょう？』

『……はい、お母様』

それっきり、ブローチは返ってこなかった。

家族の期待に応えて、リゼットは優しい娘、優しい妹、優しい姉であろうとした。そうやって、他人の顔色をうかがうことも、自分の気持ちを押し込めることも上手《うま》くなった。そして家族の中で、リゼットの存在はますます軽くなった。

「ルシアン様との婚約が決まったときね、私、嬉《うれ》しかったのよ。婚約者なら……将来夫婦になる方なら、私のことをちゃんと見てくださるんじゃないかって……」

リゼットの最初の婚約者となったルシアンは、穏やかな性格の人だった。

『婚約者と言われても正直まだピンとこないけど……少しずつお互いのことを知っていこう』

はにかみつつ差し出されたルシアンの手を取り、リゼットはうなずいた。これから二人で時間をかけて信頼関係を育んでいくのだと、温かい気持ちが胸に満ちていた。

けれど、その期待はあっさりと砕け散った。

『ねぇ、お姉様の婚約者のルシアン様って、とってもハンサムな方ね！　あたしも仲良くなりたいわ！　いいでしょう？　だって将来は義理の兄妹になるんですもの！』

無邪気な顔でそう言って、ミシェルはリゼットとルシアンのお茶会に交ざるようになった。父も母も兄も、ミシェルをたしなめてはくれなかった。

『僕は構わないよ』

当のルシアンにまでそう言われてしまえば、もはやリゼットにミシェルを止めることなどできはしなかった。

華やかで愛嬌《あいきょう》があってお喋《しゃべ》り上手のミシェル。ルシアンの話し相手になるのはいつだってミシェルで、リゼットは二人の会話に曖昧な微笑で相槌《あいづち》を打つだけ。

花の妖精のように着飾ったミシェルの隣で、地味な装いのリゼットはますます霞《かす》んだ。ルシアンの視線はいつからか、ミシェルにばかりに向けられるようになっていた。

このままではいけないと、リゼットなりに努力したけれどうまくいかなかった。

『あのね、ミシェル。たまにはルシアン様と二人でお話ししたいの。だから今日だけは遠慮してもらえないかしら……?』

『あら、駄目よ。お姉様ったらとっても口下手《くちべた》なんだもの。あたしがいなければルシアン様が退屈してしまうわ。そんなのルシアン様がお気の毒よ』

『……そうね……』

それならばと、ミシェルが用事で不在の日にルシアンとのお茶会を設定したこともある。ところがルシアンは、応接間に一人で入室したリゼットの前で、『今日はミシェルはいないんだね』と、がっかりした様子を隠そうともしなかった。リゼットの心が凍り付くのには、それで充分だった。

どんどん冷めていくリゼットの気持ちとは逆に、ミシェルとルシアンの気持ちはますます熱を帯びていった。

そしてあの、婚約解消の日が訪れた。

ルシアンと婚約して半年ほどが経ったある日のこと。

その日はルシアンとのお茶会が予定されていた。ルシアンの来訪を告げられ、応接間に赴くと、ルシアンの隣にはすでに、当然のような顔をしてミシェルがいた。

二人は頬を寄せ合って楽しそうにお喋りをしていたが、リゼットに気づくと顔を見合わせてうなずき、居住まいを正した。

「リゼット、君に話があるんだ」

「……どのようなお話でしょうか」

そう問い返しながら、リゼットはすでに嫌な予感に囚《とら》われていた。心臓がドクリと軋《きし》む。

「単刀直入に言うよ。リゼット、僕との婚約を解消してほしい」

躊躇《ためら》う様子も見せず告げられた言葉に、リゼットはひゅっと息をのんだ。すぅっと指先から血の気が引いていく。震えそうになる両手を、ぎゅっと握りしめた。

「……あの、でも婚約は家同士の約束で……わ、私達の婚約は、両家が資源を融通し合う条件になっていたはずです。だから……」

ようやく絞り出した言葉は、「そのことなら問題ないよ」と即座に否定された。

「君との婚約を解消して、ミシェルと婚約を結び直そうと思うんだ」

こともなげに言って、ルシアンは隣に座るミシェルの腰を引き寄せた。熱のこもった視線をミシェルと交わし合う。

その光景を前に、リゼットは唖然《あぜん》と言葉を失っていた。

いつかこうなるのではないかと、考えたことがないわけではなかった。そのくらい、ミシェルを見つめるルシアンの目は熱っぽく、反対にリゼットに対する関心は薄かった。

けれど、婚約は家と家との取り決めだ。遊びで付き合っているわけではない。たとえリゼットより妹のミシェルの方を気に入ったとしても、そこは割り切って一線を引いてくれるものと信じていた。いや、そう信じたかっただけなのかもしれない。

「……そんな、でも」

なんとか思いとどまってほしいと、言いかけた言葉はミシェルに遮られた。リゼットの方に身を乗り出し、うるうると目を潤ませる。

「ごめんなさい、お姉様。あたし、ルシアン様のこと好きになっちゃったの。ルシアン様もあたしと一緒にいる方が楽しいって」

「すまない、リゼット。でも君だって、本当は僕のことなんてどうでもよかったんだろう？　いつもつまらなそうに黙ってばかりで」

「そんなこと……」

いつだって口を挟む隙がないほどに二人で盛り上がっていたからだ。ルシアンがミシェルにばかり話しかけ、リゼットに話を振ろうとしなかったからだ。

「それに、僕と会うのに一度だっておしゃれをしてくれたこともないじゃないか」

「……っ！」

無言で、自身がまとうグレーのシンプルなデイドレスを見下ろす。リゼットなりにおしゃれをしたつもりだった。いつもと違う髪飾りをつけ、お化粧も丁寧に時間をかけた。けれど、ピンク色のふわふわとしたドレスをまとうミシェルと比べ、なんと地味なことだろう。

「……お父様達をどう説得するおつもりなのですか」

　言いながら、なんて未練がましいのだろうと思う。だが、リゼット達の父、ドゥーセ伯爵は家の体面を重んじる人間だ。末娘のミシェルに対しては甘い顔を見せることもあるが、願えば何でも叶《かな》えるわけではない。

「それなんだけど、君からもお父上を説得してくれないかな？　君が婚約者の変更に賛成しているとなれば、お父上も駄目とは言わないと思うんだ」

「お願いよ、お姉様。一緒にお父様にお願いしてほしいの。いいでしょう？」

　信じられない思いで、リゼットは目を見開く。言葉を失うのは今日何度目だろうか。

　なぜ、この人達はこれほど楽観的に考えられるのだろう。なぜ、リゼットが協力すると無邪気に思えるのだろう。

「お姉様には本当に申し訳ないと思っているわ。でもあたし、ルシアン様を愛してしまったの。ルシアン様もあたしを愛してくださって、それでね……」

　ミシェルが恥ずかしそうに頬を染める。

「あたし、ルシアン様の赤ちゃんを授かったみたいなの」

「それは本当かい、ミシェル！」

　衝撃を受けて固まるリゼットをよそに、ルシアンが喜びの声を上げる。こくりとうなずき、ミシェルは自身の薄い腹を愛おしげに撫でた。

（赤ちゃん……子ども……つまり……）

　二人はとうに一線を越え、深い仲になっていたということだ。

「だからね、お姉様。優しいお姉様なら、あたし達のこと、認めてくれるわよね？　赤ちゃんを見捨てるなんて、そんな酷《ひど》いことしないわよね？」

「頼むよ、リゼット。ミシェルと……僕達の子どものためにも。優しい君ならわかってくれるだろう？」

深い衝撃から立ち直ることもできないまま、リゼットは呆然《ぼうぜん》とうなずいた。返す言葉はもはや持ち合わせてはいなかった。

その後、家族内で話し合いが行われたが、父も母もリゼットに寄り添ってはくれなかった。ミシェルの軽率さに呆《あき》れつつも、結局はその希望を通した。

「まったく、なんということだ。だがこうなってしまった以上、婚約者をすげ替えるしかあるまい。家同士の結びつきはそれで保たれる」

「はぁ……仕方ありませんわね……。ミシェルを傷物にするわけにはいきませんもの。それに、ルシアン殿の心を繋《つな》ぎ止められなかったリゼットにも責任はありますわ。せめてミシェルの半分でも可愛げがあれば良かったのに」

そうして迅速に、リゼットとルシアンの婚約は解消された。家の体面を守るため、運命の恋に落ちた二人とそれを応援する心優しい姉、という美しい筋書きに添って。

ちなみに、ミシェルとルシアンとの間で婚約が結び直された後、ミシェルの妊娠は勘違いだったことが判明した。本当に勘違いだったのか、それともあえて嘘《うそ》をついたのか、リゼットには知るよしもないことだった。

「私ね、ルシアン様に恋していたというわけではないの。だけど、期待してしまった分、虚《むな》しくて……」

黒猫の背を撫でながらリゼットはぽつりと呟《つぶや》く。

気持ちの整理がつかないまま、リゼットはアルベールの妻になってしまった。

（こんな中途半端な気持ちで嫁いでしまって……。旦那様が私を愛さないとおっしゃったのも、無理のないことだわ……）

君を愛することはできない、とアルベールが告げたとき、リゼットは驚きはしたものの、それほど傷付きはしなかった。むしろ、最初にはっきりと宣言してもらえてホッとしたくらいだった。期待して叶わないのは、もうたくさん——。

ふいに膝の上で黒猫が動く気配がし、リゼットはそちらに意識を向けた。

黒猫はリゼットの膝の上ですっくと立ち上がると、全身の毛を逆立てて「シャーッ！」と怒ったような声を上げた。かと思えば、次の瞬間には毛もヒゲも尻尾《しっぽ》も落ち着かせ、驚いて固まるリゼットの手に頭を擦《こす》りつけた。リゼットを労《いたわ》るように何度も、何度も。

リゼットの若草色の瞳から、涙がポロリとこぼれ落ちる。

「そうね……そうなの……。私、お父様に怒ってほしかった。『リゼットを軽んじるな』って。お母様に慰めてほしかった。『悲しかったわね、辛《つら》かったわね』って……」

家族に期待しても得られなかったもの。それを与えてくれたのは黒猫のアルだった。

「ありがとう、アル……。私のために怒ってくれて。慰めてくれて……」

リゼットは指先でそっと涙を拭う。

今ようやく、ルシアンとの婚約解消について、心の整理ができたように思えた。

「私、また期待しても許されるのかしら……」

心に浮かぶのはアルベールのこと。

愛することはできないとはっきり告げられ、リゼットも夫には期待しないよう努めてきた。

けれど、毎日朝食と昼食を共に囲むうちに、アルベールの態度は少しずつ変わってきた。あいかわらず妻らしいことを求められることはないが、大切にされていると感じる。

リゼットの話に相槌を打ちながら口元をほころばせるアルベールを見るたび、リゼットの胸は温かい気持ちでいっぱいになる。そして同時に苦しくなってしまうのだ。

性懲りもなくアルベールに期待してしまいそうで。そしてそれが虚しく終わりそうで。

「夜は弱気になってしまって駄目ね……」

リゼットは小さく自嘲し、黒猫のアルを抱き上げた。

「アル、私そろそろ休もうと思うの。今日はありがとう」

感謝を込めて、額にちゅっとキスを落とす。

帰るよう促したが、黒猫はじっとリゼットの顔を見上げたまま動こうとしない。

「どうしたの？」

リゼットが小さく首をかしげると、黒猫はようやくリゼットの腕の中から床に飛び降りた。

そのまま掃き出し窓から出ていくのかと思いきや、窓ではなく寝室の方に向かい、軽やかにリゼットのベッドの上に飛び乗った。

「まあ……まあ……！」

リゼットは目を輝かせた。

「一緒に寝てくれるの？　本当に？　嬉しいわ、アル！」

「ニャア」

アルが返事をするように鳴き声を上げる。耳もヒゲもピンと立てた姿は、どこか緊張しているように見えた。

「私が落ち込んでいるから慰めてくれるつもりなのね。ふふ、ありがとう。アルは本当に素敵な猫さんね。大好きよ、アル」

もう一度目尻を拭い、リゼットは頬をゆるませる。

そしてふわふわの黒猫を抱きしめながら、温かな気持ちで眠りについたのだった。


温かく優しいものに頭を撫でられる感覚に、リゼットの意識はゆるゆると浮上した。

「ん……」

夢うつつで薄目を開けると、早朝の薄闇の中、至近距離に美しい男の顔があった。さらりとした黒髪が流れ、金色の瞳がじっとリゼットを見つめている。

「だんなさま……？」

掠《かす》れた声で呼びかける。金色の瞳が揺れた。

（……ううん、そんなはずはないわ……旦那様が一緒のベッドで寝ているなんて……昨日はアルを抱っこして……）

そこまで思い出したところで、ふとあることを思いついた。

「……もしかして、アル、なの……？」

内緒話をするように問うと、男は一瞬目を瞠《みは》り、それから柔らかく微笑《ほほえ》んでうなずいた。

「すごいわ、アル。人の姿になれるなんて……」

呟きながら、ああ夢を見ているのだ、とリゼットは思う。

「ふふ、素敵な夢ね。アルとお話しできるなんて……」

「……俺も、こうしてリゼットと話ができて嬉しい」

アルベールと同じ顔、同じ声でそう言って、男はリゼットに添い寝したまま頭を撫でる。

「いつも優しく撫でてくれてありがとう。今日はお返しをさせてほしい」

優しい感触に、リゼットはうっとりと目を閉じた。

「……リゼット、君は本当に優しい人だ。……いや、言葉を変えよう。君は思慮深くて思いやりのある、素敵な人だ」

（ああ、アルはわかってくれているのね……）

リゼットがこれまで家族から「優しい」という言葉を押し付けられ、傷ついてきたことを。以前ア

ルベールから「君の方こそ優しい人だと思う」と言われたときも、一瞬、身構えてしまった。

（でもね、不思議と嫌ではなかったの。旦那様の言葉には、私に「優しい」を押し付けるような響きはなかったから……）

アルベールはリゼットに何も押し付けないし、期待もしない。それを気楽に感じていたはずなのに、寂しさを覚えるようになったのはいつの頃からだろう。

「そんな君に、あんな酷い言葉を投げつけておきながら、俺は君を愛してしまった……」

再び眠りの淵《ふち》に沈もうとするリゼットの耳に、男の声が静かに染み込んでいく。

「そして身勝手にも、君に愛されたいと願ってしまった。俺には人を愛する資格も、愛される資格もないというのに……」

頭を撫でる手は、どこまでも優しい。

「すまない、リゼット。君の夫は腰抜けだ。ちゃんと君に向き合うべきなのに、君に拒絶されるのを恐れて逃げ続けている臆病者だ……」

（拒絶なんて……あなたが何者だって、私は……）

言葉にはならないまま、リゼットの意識は溶けていく。

「愛している、リゼット。どうかもう少しだけ待っていてほしい……」

切ない声を聞きながら、リゼットは深い眠りに落ちていった。

翌朝、リゼットは目が覚めるなり跳ね起きて隣を見た。

広いベッドの上には誰もおらず、抱いて寝たはずの黒猫の姿もない。どうやらリゼットが眠っている間に窓から出ていったらしい。

「はあ……」

リゼットは深く安堵《あんど》の息を吐く。

（夢……。それはそうよね、あんなこと……）

その内容を思い出し、リゼットの顔がじわじわと熱を持つ。

黒猫のアルが夫アルベールそっくりの姿でリゼットに添い寝し、名を呼び、頭を撫でながら「愛している」と囁《ささや》く夢。しかも勘違いでなければ、その上半身には何も身につけていなかったような気がする。

（わ、わ、わ、私ったらなんて夢を……！）

夢には潜在的な願望が現れるとも聞く。

熱い頬を両手で挟み、リゼットは一人でジタバタと身悶《みもだ》えした。


充分に気持ちを落ち着かせたはずだったのに、ダイニングルームでアルベールの姿を見た途端、リゼットの顔は真っ赤に染まってしまった。

「……顔が赤いようだが、大丈夫か」

「だ、大丈夫です。ちょっとその、おかしな夢を見てしまって……」

もごもごと答えると、なぜかアルベールが視線を逸《そ》らした。

「そ、そうか」

「旦那様こそ、目の下にクマが……。寝不足ですか？」

「いや、その、夜明け頃まで寝付けなくて……」

ぼそぼそと答えるアルベールの顔が、リゼットにつられたように赤く染まった。

アルベールの顔を直視するのも気恥ずかしくて、その日の朝食はうつむきがちに進んだ。

いつも以上に会話も少ないまま、食後のお茶も終わろうとする頃、アルベールが口を開いた。

「そういえば、妹殿から手紙が届いていたようだが」

リゼットはそろそろと顔を上げる。こちらを見つめる金色の瞳にドキリと心臓が跳ねた。

「はい。久しぶりに会いたいと。近いうちに実家に行ってこようと思うのですが、よろしいでしょうか？」

「それは構わないが……その、俺との結婚前にいろいろあったことは聞いている。もし気が進まなければ俺から断りを入れるが」

アルベールが小さく眉を寄せる。心配してもらえたということに、リゼットの胸が温かくなった。

「ありがとうございます、旦那様。でも大丈夫です。妹と少しお茶をするだけですから」

正直に言えば、気は進まない。

けれど、ミシェルは自分の要望が通らないのは我慢がならない性格だ。断っても何度でも誘ってくるだろうし、最悪の場合、いきなり公爵邸に押しかけてくることもありうる。アルベールに迷惑をかけることだけは避けたい。

それに、昨夜アルに慰めてもらったおかげで、リゼットは過去のことに気持ちの整理をつけることができた。

今ならミシェルにも平常心で向き合えるような気がしていた。

◇

「それでお姉様、公爵家での生活はどうなの？」

三日後、リゼットは実家のドゥーセ伯爵邸で、心配そうに眉を寄せたミシェルと向かい合っていた。

この日のミシェルは鮮やかなオレンジ色のデイドレスをまとい、フローラル系の甘い香水の香りを漂わせている。

「仮面夫婦だの不仲だのって、社交界で噂《うわさ》になってるのよ」

「そうなのね……」

夜会にもお茶会にも出ないものだから、すっかり情報に疎くなってしまっていた。とはいえ、「社交界の噂など本当にあてになりませんわねぇ」というジャクリーヌの言葉から、そういった噂が流れているのだろうということは予想していたが。

「でも大丈夫よ。とても良くしていただいているわ」

ゆったりとした仕草でティーカップを置いてから、リゼットは微笑んでみせた。けれどミシェルの表情は晴れない。

「本当に？　無理してない？　本当は冷遇されているんじゃないの？　今日だってそんな地味な格好をして……」

ミシェルは値踏みをするように、リゼットの頭の先から靴の先まで視線を往復させる。

今日のリゼットは落ち着いたグレーのデイドレスをまとっている。装飾品はシンプルな真珠のイヤリングとネックレス。いずれも公爵家に輿入《こしい》れしてから誂《あつら》えたものだ。

このデイドレスはメゾン・ド・パピヨンで仕立てたもの。グレーの生地には光沢があり、角度を変えると緑がかって見える。着慣れたグレーが気持ちを落ち着かせてくれると同時に、ふとした拍子に艶やかなきらめきが目に入って気持ちを浮き立たせてもくれる。

上品で、少しだけ華やかさのあるドレス。ジャクリーヌの助言を受けながらリゼット自身で選んだこのドレスを、リゼットは心から気に入っている。

それに、一見すると地味に見えるかもしれないが、今日ミシェルが身につけている派手な色のドレスよりも、生地も仕立てもよほど質が良いものなのだ。

（ミシェルにはそれがわからないのね……）

なんだか、唐突に目が覚めたような心地《ここち》がした。

「私が好きで身につけているのよ。それに、公爵家で用意してくださるものはどれも素晴らしいものばかりだわ」

久しぶりに実家で紅茶を飲んでみて、シャトラン公爵家でマーサが淹《い》れてくれる紅茶の美味《おい》しさに改めて気がついた。

（茶葉の質も、マーサの腕もいいのよね）

マーサに限らず使用人達は皆、有能かつ誠実で、リゼットにもよく仕えてくれている。それなのに冷遇されているなどと誤解されるのはいい気持ちがしない。彼らの名誉のためにもはっきりと否定しておきたかった。

「執事も侍女も、他の使用人達も皆よくしてくれて、何不自由なく暮らしているわ。それに可愛い猫さんも遊びに来てくれるし……」

「猫ですって？」

ミシェルが盛大に顔をしかめたのを見て、リゼットは口を滑らせたことに気がついた。ミシェルは幼い頃から猫を毛嫌いしているのだ。

「あんな薄汚くて凶暴な生き物を可愛がるなんて、本当にお姉様の気が知れないわ。おかしな病気でも持っていたらどうするつもりなの？」

「あのね……ミシェルは猫が嫌いかもしれないけど、私は好きなのよ……」

だからもう猫の悪口はやめてほしいと思うのに、ミシェルの口は止まらない。

「王妃様のお茶会のときだって、お姉様ったらあんな汚らしい猫を抱き上げたりなんかして。皆さん眉をひそめておられたわ。王妃様もじっと見ておられて、あたし、恥ずかしくてたまらなかったのよ」

ミシェルが不愉快そうに唇を尖《とが》らせる。

それはルシアンとの婚約が調う少し前、数人の未婚の令嬢達と共に、王妃殿下のお茶会に招かれたときのことだ。

王城の庭園で開かれていたお茶会の最中、一匹の猫が会場に迷い込んできた。いかにも野良猫といった風体の痩せこけたトラ猫は、興奮した様子であちこち走り回った末に、リゼットがいたテーブルの下に入り込んで出てこなくなってしまったのだ。

他の令嬢達が悲鳴をあげたり顔をしかめたりしながら猫を遠巻きにする中、リゼットはドレスが汚れるのも厭わず地べたに膝をつき、怯《おび》えて威嚇するトラ猫に手を伸ばした。何度も優しく声をかけ、引《ひ》っ掻《か》かれるのも構わずトラ猫をそっと抱き上げ、衛兵に託して会場の外に連れ出してもらった。どうか酷いお仕置きはしないでほしいと頼み込んで。

後日、トラ猫のことが気になり、伝手《つて》を頼って問い合わせたところ、王宮の使用人達にエサを貰《もら》って元気に過ごしていると聞き、ホッと胸を撫で下ろしたものだ。

「猫のことなんてどうでもいいわ。それよりお姉様のことよ」

ようやく話題を変え、ミシェルはリゼットの顔をのぞき込んだ。

「お姉様、ちゃんと公爵様に相手にされているの？」

「それは、もちろん……」

「あたし、お姉様のことが心配なのよ。だって、結婚式のときにお見かけした公爵様ったら、冷たい目をしてにこりともされなかったわ。人嫌いという噂は本当みたいね」

「それはただの噂だと思うわ。確かに交友関係はあまり広い方ではないのかもしれないけど……」

公爵家の使用人達を見ていればわかる。公爵邸で働く使用人は、数は多くないものの、皆長く勤めている者ばかりなのだ。マーサの話では、マーサとセバスチャンはアルベールの幼少時から、レミとトマはアルベールが公爵として独立したときからずっと仕えているそうだ。通いの使用人達も、入れ替わりは少ないと聞く。

これはアルベールが使用人を大切にし、使用人達からも慕われている証拠。本当に人嫌いであれば、そうはいかないはずだ。

「本当かしら。でもそうだとしたら、よっぽどお姉様に興味がないということにならない？　だって、誓いのキスって普通は唇にするものでしょう？　なのにおでこにだなんて、あんまりだわ」

ミシェルの言葉に、リゼットの胸がツキリと痛む。本当は、額にすら口づけてはいないのだ。キスのふりをしただけ。

「……旦那様はあまり表情の変わらない方だけど、私のことを気遣ってくださってるわ」

リゼットはどうにか微笑みを作る。仮初めの妻とはいえ、朝と昼の食事は毎日一緒にとっているし、ドレスだって誂えてもらった。

(充分気遣ってくださってる。それは嘘ではないはずよ……)

けれどミシェルは納得できない様子で顔をしかめ、挑むように片眉を上げる。

「ふぅん。それじゃあ、妻としてちゃんと公爵様に愛されてるっていうの？」

「ちゃんと、って……」

ミシェルの唇が歪《いびつ》な弧を描く。

「いやだわ、決まってるでしょう？　夫婦の夜の営みのことよ」

「……っ」

咄嗟《とっさ》に言葉に詰まってしまった。

ない。あるはずがない。だってリゼットは、お飾りにすらなれない仮初めの妻なのだ。「君を愛することはできない」と、はっきりそう言われたのだ。

ミシェルは我が意を得たりとばかりに顔を輝かせた。

「ほぅらやっぱり！　思ったとおり白い結婚だったのね！　結婚して四ヵ月になるのに妻を抱かないだなんて、普通じゃありえないわ！」

「……その、旦那様は、夜はお忙しくされているの。お仕事で……」

思わずうつむくリゼットに、ミシェルは呆れ顔で首を振った。

「お姉様ったらお馬鹿さんねぇ。そんなの嘘に決まってるじゃない。だって、跡取りをもうけるのは貴族家当主の義務なのよ？　それに殿方というのはね、愛《いと》しい女が目の前にいたら抱かずにはいられないものなのよ。ルシアン様だってそうだったもの」

勝ち誇ったような笑みを浮かべてから、ミシェルはリゼットに身を寄せ、声を潜めた。

「ねぇ、お姉様。公爵様、よそに愛人を囲っているんじゃないの？」

ミシェルのまとう甘い香水の匂いが、リゼットを息苦しくさせる。胸に手を当て、ますます顔をうつむけた。

他に愛する人がいるのではないか。それは、リゼット自身も疑いつつ、確かめることができずにいたこと。

「……そんなことない、と思う……」

願望を込めた否定の言葉は無様に震えた。

「どうだか。絶対に怪しいわよ。……あ、そうだわ」

ミシェルが、いいことを思いついたというふうに笑顔で手を打ち鳴らす。

「来月の王城の夜会に、夫婦で出席するというのはどうかしら？」

王城の夜会。それは毎年秋の初めに王城で開かれる、恒例の月見の夜会のことだ。当然、公爵夫妻であるアルベールとリゼットにも招待状は届いているが、夫婦共に出席は予定していない。

「でも、旦那様は夜会には参加されないから……」

ミシェルの意図がわからず、リゼットは眉を下げる。アルベールが、たとえ王家の主催であろうとも夜会には一切参加しないということを、ミシェルだって耳にしているはずなのに。

「お姉様からお誘いしてみるのよ。一緒に夜会に出ましょうって。お姉様と公爵様が揃《そろ》って夜会に出席すれば、社交界の皆様に夫婦円満をアピールできるでしょう？　あたしだって安心できるもの。ね、とってもいい考えだわ！」

「だけど……」

結婚初日にアルベールから、「夜会に出ることはない」とはっきり宣言されているのだ。改めて誘ったところで、結果はわかりきっている。

顔を曇らせるリゼットの手を、ミシェルが両手で包み込んだ。いかにも心配そうに眉を寄せ、リゼットの顔をのぞき込む。

「あたしはお姉様のためを思って言ってるのよ？　この際、ちゃんと確かめた方がお姉様のためだわ。公爵様が本当にお姉様のことを大切に思ってるなら、少々のこだわりは捨てて夜会にご一緒してくださるはずよ。それでも拒絶するとしたら、よほどの事情があるか……」

ミシェルの口元に歪な笑みが浮かぶ。

「お姉様を愛していないということでしょうね」

その言葉は棘《とげ》となり、リゼットの心に深く突き刺さった。


リゼットがシャトラン公爵邸に帰り着いたのは、日が落ちた直後のことだった。

出迎えのセバスチャンの手を借りて馬車から降りる。

「おかえりなさいませ、奥様。すぐにお夕食になさいますか？」

「少し休んでからにするわ。……旦那様はどちらにいらっしゃるかしら。帰宅のご挨拶をしたいのだけど」

返答まではわずかな間があった。

「……アルベール様はお部屋でお仕事をなさっておいでです」

「少しだけお目にかかれないかしら。ご相談したいことがあって……」

「申し訳ございません。集中したいので声をかけないでほしいと……」

「そう……」

半ば予想していた答えではあったが、気を落とさずにはいられなかった。帰宅の挨拶がてら、王城の夜会のことを相談したかったのだ。

(あいかわらず夜はお忙しくされているのね……)

よほど仕事が立て込んでいるのだろうか。だがアルベールは、朝食と昼食には毎日同席してくれる。ドレス選びのときだって、わざわざ仕事を調整して時間を作ってくれた。

(それなのに、どうして夜は会っていただけないのだろう……)

本当に仕事なのだろうか。

そんな考えが頭をよぎる。アルベールの仕事は翻訳だと聞いている。夜でなければできない仕事とは思えないのだが——。

「旦那様は本当に……」

お部屋にいらっしゃるのよね？

言いかけた言葉を、リゼットはのみ込んだ。セバスチャンの真面目《まじめ》で誠実な人柄はこの四カ月でよくわかっている。そのセバスチャンがリゼットに嘘をつくとは思いたくなかった。

「……いえ。なんでもないわ。明日の朝食にはいらっしゃるのよね？」

「はい、そのご予定です」

「ではお話は明日の朝食のときにするわ」

そう言うと、恭しく頭を下げるセバスチャンからあからさまな安堵の気配が感じられた。

自室に戻ると、待ち構えていたように黒猫がやってきた。

いつものように一緒に夕食をとり、ソファに移動して黒猫にブラシをかける。初めて一緒に寝て以来、黒猫は毎晩リゼットと一緒に眠ってくれる。きっと今夜も一緒にベッドに入り、リゼットが目覚める前に出ていくのだろう。

一日のうちでもっとも楽しみにしている黒猫との時間。けれど、膝の上でゆったりと寛《くつろ》ぐ黒猫の背にブラシを当てながら、リゼットの頭はアルベールを夜会に誘うことでいっぱいだった。

「旦那様を、夜会にお誘いしたって……」

断られるに違いない。そう予想しつつも諦めがつかないのは、ミシェルに言われたことが引っかかっているからだった。

(どうか一度だけと、そうお願いしたらもしかしたら……)

ドレス選びのときのように時間を作ってくれないだろうか。そんなふうに考えてしまうほど、普段のアルベールはリゼットの希望を優先してくれる。

もし何か夜会に出られない事情があるのなら、無理を言うつもりはないのだ。人混みに行くと気分が悪くなるとか、どうしても顔を合わせたくない人がいるとか、ダンスが嫌いとか、その理由さえ教えてもらえれば引き下がるつもりでいる。

ミシェルは「夫婦円満をアピールできる」などと言ったが、結婚以来社交界から遠のいているせいだろうか、社交界でどう見られているかなど、今のリゼットにとっては些細《ささい》な問題だった。ましてや、ミシェルに夫婦仲を見せつけるためだけにアルベールを付き合わせるつもりはない。

リゼットの心に刺さった棘は、もっと別のものだった。

「夜会が無理でも、せめて夕食をご一緒したい……」

日が暮れてからは決して姿を見せないアルベール。夕食を共にしたことは、ただの一度もない。仕事で手が離せないと言われ、そういうものかと納得していた。いや、納得しなければならないと、自分に言い聞かせていたのだ。

(だって私は、愛されることのない仮初めの妻。踏み込んでいいわけがない……)

そう思い、ずっと気にしないようにしてきた。けれど――。

「ニャーン」

黒猫の声に我に返る。ブラッシングの手を止めてぼんやりとうつむくリゼットを、黒猫が真ん丸の目で見上げていた。

「ごめんなさい、アル。少し考え事をしてて。ブラッシングの続きをするわね」

「ニャウ……」

再びブラシを構えたリゼットの手に、黒猫がすり、と頭を寄せた。リゼットを慰めようとするかのように、耳の付け根を何度も何度も擦りつける。かと思いきや、リゼットの手の甲を小さな舌でペロペロと舐《な》め始めた。

「ふふ、くすぐったい……」

黒猫がリゼットを舐めるのは初めてのことだった。温かくてザラザラした感触に、強張《こわば》っていた心がほぐれていく。

「ありがとう、アル。おかげで元気が出てきたみたい」

微笑むと、黒猫がもう一度頭を擦りつけた。そして、音もなくリゼットの膝から飛び降り、もう寝ようとでも言いたげにベッドに向かって歩き出した。

「そうね、こんな日はさっさと寝てしまうに限るわね」

黒猫の後を追ってベッドに向かいながら、リゼットは心を決めた。

(やっぱり、明日の朝思い切って旦那様にお話ししてみよう。夜会にご一緒したいと。夕食を共にしたいと。無理なのだとしても、せめて理由を知りたい……)

それがたとえリゼットにとって辛い事情であったとしても、もう知らないままではいられなかった。

(そうでないと……このままだと、きっと手遅れになってしまう……)

大きな不安とわずかな希望を胸に、リゼットは黒猫を抱いて眠りについた。


翌朝、リゼットはいつもより少しだけ身支度に気合いを入れた。心を浮き立たせてくれるローズピンクの室内用ワンピースは、メゾン・ド・パピヨンで仕立てたもの。

『着慣れないお色は、まずは外出用ではなく室内用のお召し物でお試しになってはいかがでしょう』

ジャクリーヌの助言で選んだ生地は、同時に誂えたものの中で、もっとも華やかな色合いのものだ。髪にはワンピースと共布のリボンを結び、顔色が明るく見えるピンク色の口紅をひいた。

姿見の前で全身を確認し、ダイニングルームに向かおうとしたタイミングで扉がノックされた。リゼットの部屋を訪れたのはアルベールだった。

「旦那様……！」

顔を見た瞬間、頬に熱が集まり、胸がドキリと跳ねた。けれど、アルベールが普段と違ってスーツを着込んでいることに気づき、その熱はすっと引いていく。

「……どちらかへお出掛けですか？」

「ああ。兄上……国王陛下に呼ばれて、急遽《きゅうきょ》王城へ行かねばならなくなった。今日から始まるメーツァ王国との外交交渉で通訳を担当するはずだった者が、急病で登城できなくなったらしい」

メーツァ王国はグランデ王国の北方に位置する小国。グランデ王国とは言語体系が大きく異なるため、通訳ができるほど精通している者がほとんどいないのだと、アルベールは眉根を寄せながら説明した。

「陛下からどうしてもと請われれば、さすがに断るわけにはいかない。それで、申し訳ないのだが、今日は朝も昼も食事に同席できない」

「わざわざそれを伝えに？」

「それと……戻ったら、君に話したいことがある」

アルベールの金色の瞳が、まっすぐにリゼットをとらえる。

「夕方までには戻れると思う。……待っていてくれるだろうか」

ドキドキと忙《せわ》しない胸に手を当て、リゼットはうなずいた。

「はい、お待ちしています。私も、旦那様にご相談したいことがあるのです。聞いていただけますか……？」

「ああ、戻ったら一番に聞こう。約束する」

神妙な顔でうなずき、アルベールはセバスチャンを伴って慌ただしく出掛けて行った。

玄関先でアルベールを見送った後、リゼットはいつもどおりに屋敷の中で過ごそうとした。けれど何をしていてもアルベールのことを考えてしまい、そわそわと落ち着かない。

（夜会にご一緒したいと言ったら、旦那様は何てお答えになるかしら……。いえ、それよりも旦那様のお話って……？　気になってたまらない……。早くお戻りにならないかしら……）

一日を上の空で過ごし、日が暮れた直後、公爵家の馬車が屋敷に戻ってきた。出迎えのため、リゼットは足早に玄関ホールへと向かう。けれどそこにアルベールの姿はなかった。

「これを奥様にと……」

空っぽの馬車を操縦して戻ってきたトマから差し出された手紙を受け取る。開いてみると、アルベールの流麗な文字が並んでいた。

『すまない。メーツァ王国との外交交渉が終わるまで、セバスチャンと共に王城に泊まり込むことになった。明後日の日没までには戻る』

ため息を漏らし、そばに控えていたマーサに手紙を手渡す。文面に目を走らせたマーサもまた、落胆の表情を見せた。

「奥様、朝からずっとお待ちでしたのに……」

「仕方ないわ。国王陛下から直々に頼まれたお仕事なんだもの」

ぎこちなく微笑んでみせると、マーサも気持ちを切り替えるように笑顔でうなずいた。

「そうでございますね。それだけ、アルベール様が陛下から頼りにされているということですわ。明後日なんて、すぐでございますよ。まずはお夕食になさいませ」

「……そうね」

重い足取りで階段をのぼる。そろそろ黒猫がやってくる時間だ。いつものように黒猫と一緒に夕食をとり、ブラッシングし、あの温かくてもふもふの体を抱いて今夜は早めに休んでしまおう。いつにも増して、黒猫の存在が恋しくてたまらなかった。

ところが、夕食の時間をとうに過ぎても、黒猫は姿を見せなかった。

「先に召し上がってはいかがですか？」

マーサがおずおずと提案してきたが、リゼットは首を横に振った。

「もう少し待ってみるわ」

「ですがもう夜も更けてまいりましたし、今夜はもう黒猫様はいらっしゃらないのでは……」

「わがままを言ってごめんなさい。でも一人では食べる気になれないの……。お料理はそこに並べておいてもらえる？　黒猫さんが来たらいただくわ。マーサ達は先に休んでくれて構わないから」

そういうわけにはまいりません、と言い張るマーサを説得し、料理を部屋に運んでもらった。

マーサが下がり一人になった部屋で窓辺に立つ。少しだけ開けた窓の隙間から、外の暗闇に目をこらした。

「アル、どこにいるの？　会いたいわ、アル……」

宵闇に向かって囁き、耳を澄ませる。返事はない。

（絶対にアルは来てくれるはずよ……）

初めて会った夜以来、黒猫が訪れない日は一度としてなかったのだ。そしてリゼットが落ち込んでいるときにはいつだって、一番近くで寄り添ってくれたのだ。

けれど並べられた料理がすっかり冷めてしまい、窓から朝日が差し込んでも、黒猫が姿を見せることはなかった。

落胆しつつ微睡《まどろ》んでいたリゼットは、悲鳴のようなマーサの声で覚醒した。ソファの上で重い瞼《まぶた》を持ち上げる。

「奥様、そんなところでお休みになるなんて！　まあ……ご夕食も全く手をつけておられないではありませんか」

「ごめんなさい、黒猫さんを待っているうちに眠ってしまったみたい……」

のろのろと体を起こし、ぼんやりとする頭に手を当てる。

ろくに眠れていなかった。ソファでうとうとしかけては、ちょっとした物音やカーテンのゆらめく気配で目を覚まし、黒猫の姿がないことに落胆する。それを一晩中繰り返していたのだ。

「結局、黒猫さんは来なかったの……。もしかして何かあったんじゃ……」

事故か病気か、それとも犬に襲われて怪我《けが》でもしたか。悪い考えばかりが浮かび、リゼットの胸が重たくなる。

「きっと大丈夫でございますよ、奥様。猫は気まぐれな生き物と言うではありませんか。そのうちまたお越しになりますとも」

「そうかもしれないけれど……」

確かに猫には気まぐれな一面がある。だが、これまで一日も欠かさずリゼットの部屋を訪れていたのだ。あの黒猫のアルに関しては、ただの気まぐれとは思えなかった。

「それより奥様、顔色が優れませんわ。朝食を召し上がったら、少しお休みくださいな」

「……朝食、食べなきゃ駄目かしら。あまり食欲がないの」

空腹感はあるはずなのに、胸のあたりに不快感があり、とても食べる気になれない。

(だって、今朝は旦那様がいない……)

アルベールの不在を思うと、ますます気持ちが落ち込んだ。

「それでは体を壊してしまいますわ。少しでいいので召し上がってください。せめてパンとスープだけでも」

懇願するように言われ、リゼットは小さくうなずいた。こんなことでマーサに心配をかけてしまう自分が情けなかった。

「黒猫さん、今夜は来てくれるかしら……」

独り言のような問いかけに、マーサはもの言いたげに口を開け閉めしたが、結局言葉が出てくることはなかった。

その日は一日、ぼんやりと過ごした。どこにいても、何をしていても、ここにいないアルベールと黒猫のことを考えてしまう。

(旦那様はどうされているのかしら……。アルは無事でいるのかしら……)

朝も昼も、食事はほとんど喉を通らなかった。

(一人ぼっちの食事がこんなに味気ないなんて……)

アルベールと過ごす朝食と昼食が、黒猫と一緒の夕食が、どれほど心を満たしてくれていたか、今さらながら思い知らされる。マーサとレミに心配をかけるとわかっていても、ほんのわずかしか口にできなかった。

そして夕食どき、やはり黒猫は姿を現さなかった。

「奥様、今日は絶対にベッドでお休みくださいね」

「ええ、わかっているわ」

マーサには素直にそう返事をしたが、リゼットは黒猫を待たずにはいられなかった。

(アル、お願いだから無事でいて。元気な姿を見せて……)

祈るような気持ちで夜を過ごす。

けれどその夜も、黒猫が訪れることはなかった。カーテンの隙間から差し込む朝日に目を細め、リゼットは深いため息をもらした。

「まあ、奥様！　またソファで夜を明かされたのですね。昨日にも増して酷い顔色でいらっしゃいますよ。アルベール様がお戻りになったらどんなに心配されることか」

「……黒猫さん、昨日も来なかったの。きっと何かあったんだわ……」

ソファに体を沈め、うなだれる。乱れた長い髪がはらりと流れ、リゼットの顔に暗い影を落とした。

マーサから気遣わしげな視線が送られる。

「……大丈夫です、奥様。黒猫様は必ずまたいらっしゃいます。きっと今夜にでも」

マーサの妙に確信めいた口調に、リゼットはのろのろと顔を上げた。落ち込むリゼットを慰めるつもりなのだろうが、リゼットはそんなに楽観的にはなれない。けれどマーサの気遣いを無下にしたくなくて、小さくうなずいた。

「さあ、軽くで構いませんので何か召し上がってくださいな。夕方にはアルベール様がお戻りになります。それまではゆっくりお休みになってください」

「そうね、旦那様にご心配はかけたくないもの……」

かさかさと潤いの失われた唇を指先でなぞる。血色の良かった頬は、この二日でわずかにこけてしまっている。鏡は見ていないが、きっと目の下には酷いクマができていることだろう。

「大丈夫でございますよ。目が覚められましたら、綺麗にお化粧いたしましょうね」

マーサがふっくらと微笑み、朝食の準備に向かう。その後ろ姿に力のないうなずきを返し、リゼットはソファにもたれかかった。

その後、温かいスープだけをなんとか腹におさめ、カーテンをひいてベッドに潜り込んだが、深い眠りは訪れなかった。浅い睡眠と覚醒をくり返し、昼には再び重たい体を引きずって寝室を出た。

「もう少しお休みになられた方がよろしいのでは……」

マーサの心配そうな様子から、自分があいかわらず酷い顔色をしているのだろうということはわかっていた。けれどリゼットは、大丈夫だと答えて身支度を整えてもらった。

日没までに戻るとアルベールの手紙にはあったが、もしかしたら早めに帰宅することもあるかもしれない。帰ってきたらすぐに会いたかった。

読書や刺繍《ししゅう》で時間を潰そうとしたが、時の流れは遅かった。気もそぞろで、外で何か音がするたびに、手元から顔を上げ、馬車の音ではないかと耳をすませる。けれど、待ちわびる音はいつまでたっても聞こえてこない。

窓から差し込む太陽の光が徐々にその位置を変え、やがて静かに消えた。薄暗くなった部屋の中、マーサがランプに火を灯《とも》していく。

ようやく馬のいななきと車輪の音が聞こえてきたのは、完全に日が落ちた後のことだった。

「旦那様がお戻りになったわ！」

立ち上がった拍子に、膝の上からバサリと読みかけの本が落ちる。それにも構わず、リゼットは部屋から飛び出した。後ろからマーサが追ってくる気配を感じながら小走りで廊下を進み、もどかしい思いで階段を駆け降りる。

玄関ホールに着くと、扉はすでに開き、両手に荷物を抱えたセバスチャンが入ってくるところだった。キョロキョロと玄関ホールを見回すも、そこにアルベールの姿はない。

「旦那様はまだ外にいらっしゃるの？」

声をかけると、セバスチャンがギクリと動きを止めた。

「……いえ、その、アルベール様は先にお屋敷の中に……」

「え……？」

リゼットは訝《いぶか》しげに眉を寄せた。馬車の到着に気づいてすぐに玄関ホールに向かったのだ。階段は一つしかないから、もしアルベールが二階に向かったのなら、リゼットとすれ違うはずだ。応接間かダイニングルームに向かったのだろうか。だがいったい何のために——。

そのとき突然、リゼットに向かって小さな黒い塊が飛びかかってきた。

「きゃっ」

咄嗟にそれを抱き留めたリゼットは目を丸くした。ふわふわの丸い塊。それはこの二日間姿を見せなかった黒猫のアルだった。

「アル！　いったいいつの間に入り込んでいたの？　いいえ、そんなことはどうでもいいわ。元気でいたのね。良かった、本当に良かったわ……」

二日ぶりの黒猫をぎゅっと抱きしめ、ふわふわの体に頬ずりをする。黒猫が無事だったことに、安堵の涙が滲《にじ》んだ。

「にゃーん」

黒猫も甘えるようにリゼットに頭を擦りつけ、ゴロゴロと喉を鳴らす。

黒猫に怪我がないことを確認し、ひとしきり再会を喜んだリゼットは、黒猫をそっと床に下ろした。キョトンと黒猫が見上げてくる。

「アル、私のお部屋で待っていてくれる？　私、先に旦那様とお話ししなければならないの」

黒猫にそう告げてから、セバスチャンに向き直った。

「それで、旦那様はどちらにいらっしゃるの？」

セバスチャンは荷物を手に立ち尽くしたまま、視線を彷徨《さまよ》わせる。

「……アルベール様は、その、お部屋でお仕事の続きをなさると……」

「そんなはずは……」

セバスチャンの言葉が信じられず、リゼットは呆然と目を見開いた。

戻ったら一番にリゼットの話を聞いてくれると、そう約束したのだ。それに、リゼットに姿を見られずに私室に入れたとは思えない。

『ちゃんと確認した方がお姉様のためだわ』

甘ったるい香水の匂いが鼻の奥によみがえり、リゼットの胸を重苦しくさせる。

(お仕事……本当に……？)

『そんなの嘘に決まってるじゃない』

その声を頭の中から追い出そうと、リゼットは首を振った。けれど心に刺さった棘は抜けず、リゼットは胸の痛みに眉をひそめる。

(……いいえ、そもそも旦那様は本当にこのお屋敷の中にいらっしゃるの……？)

『よそに愛人を囲っているんじゃないの？』

棘から染み出た毒が、ジュクジュクとリゼットの全身に回っていく。

（そういえば最近ずっと、旦那様は寝不足のご様子だった……。やっぱり、夜の間は出掛けてらっしゃるの……？）

本当に愛する人のもとへ。そしてその愛しい人と夜を過ごしているのでは。リゼットとの約束などきれいさっぱり忘れて――。

胸の奥から込み上げる吐き気のような息苦しさに、リゼットは胸を押さえた。

「ニャーウ、ニャーウ！」

足元で黒猫が何度も鳴き声を上げるが、リゼットはそれに応える余裕もなく、ふらりと身を翻した。

「……私、旦那様のお部屋に行ってくるわ。どうしても、今すぐにお会いしなければならないの」

本当に忙しいのなら、話は明日でいいのだ。ただ、一目姿を見ることができればそれでいい。アルベールが屋敷の中にいることを、確かめずにはいられなかった。

「奥様、お待ちください、奥様！」

焦ったようなマーサの声にも構わず足早に階段をのぼり、静かな廊下をアルベールの部屋に向かって歩く。黒猫がミャアミャアと騒ぎながらまとわりついてきたが、リゼットは足を止めなかった。

アルベールの部屋の扉の前で、リゼットは息を整える。

「旦那様、リゼットです」

意を決してノックしたが返答はなかった。

二度、三度とノックを繰り返し、耳をそばだたせるも、室内からは何の物音もしない。人のいる気配は感じられなかった。息苦しさが増していく。

そこへ、セバスチャンとマーサが追いついてきた。

「奥様、申し訳ございません、その、アルベール様は……」

「何度も声をおかけしたけれど、お返事はなかったわ……」

『ちゃんと確認した方がお姉様のためだわ』

冷たくなった手をぎゅっと握りしめ、リゼットはセバスチャンとマーサをまっすぐに見据える。

「……セバスチャン、マーサ。正直に答えてください。旦那様はお部屋に……いえ、このお屋敷にはいらっしゃらないのではないの？　毎晩、どちらかにお出掛けになっているのではないの……？」

「いえ、決してそのようなことはございません。アルベール様はお屋敷の中にいらっしゃいます」

セバスチャンの言葉に、リゼットはきゅっと眉を寄せた。

「……ではどちらにいらっしゃるのですか？　本当にいらっしゃるというのなら、今すぐお目にかかりたいの。どうしても。ほんの少しの時間でいいのです……」

「それは……」

セバスチャンは口ごもり、マーサと顔を見合わせる。

祈るように見つめるリゼットの前で、セバスチャンは足元に視線を彷徨わせ、それから深く腰を折った。

「申し訳ございません、奥様。私どもの口からは申し上げられません」

その答えに、リゼットの最後の希望が潰《つい》えた。

「……そう。わかりました」

「奥様、どうか明日の朝、アルベール様とお話を……」

呼びかけるマーサには応えず、リゼットはふらふらとした足取りで自室に戻る。扉を閉め、ソファに身を沈めた途端、こらえていた涙が溢《あふ》れ出した。

「ニャーオ！　ニャーウ！」

「アル……」

膝に飛び乗ってきた黒猫を抱きしめても、涙は止まらない。

やはりアルベールは屋敷にはいないのだ。今日だけではない。きっと、結婚してからずっと、夜は出掛けていたのだ。本当に愛する人のもとへ。

突きつけられた事実に、リゼットの心が凍りついていく。

「期待なんかしてはいけなかったのに。はじめに旦那様ははっきりそうおっしゃったのに……」

君を愛することはできないと言われ、三年後の離縁をほのめかされた。

けれど、共に食卓を囲む時間は穏やかで。アルベールが口元をほころばせると胸が温かくなって。

「私が馬鹿だったのよ、アル……」

黒猫が、慰めるように何度もリゼットの手に頭を擦りつける。ふわふわと温かい感触に、さらに胸が締め付けられる。

黒猫さえいてくれれば幸せだと、そう思っていた。それなのに、こうして黒猫がそばにいてくれるというのに、リゼットの心にはぽっかりと大きな穴が空いたままだ。

「とっくに……とっくに手遅れだったんだわ……」

期待して叶えられないのは辛く悲しい。そのことを知っていたはずなのに。心を傾けてはいけないと、わかっていたはずなのに。

「それなのに私、いつのまにか旦那様のこと、どうしようもなく好きになってしまってた……」

黒猫がピタリと動きを止めた。アルベールと同じ金の瞳を丸くして、じっとリゼットを見上げる。

「アル、大好きよ。でもあなたも、私とずっと一緒にはいてくれないのね……」

夜な夜な愛する人のもとへ出掛けていく夫。昼間は姿を見せない黒猫。

（私には誰もいない。誰も……）

新たな涙が頬を伝う。

「ミャウ……」

黒猫が力なく鳴いた。

そっとリゼットの胸に前脚を置き、後ろ脚で立つ。涙を拭うようにリゼットの頬に頭を擦りつけ、ちろりとリゼットの頬を舐めた。

「アル……」

一生懸命に自分を慰めようとする黒猫の健気な姿に、さらに涙が溢れ出る。その涙を、黒猫がチロチロと舐めて拭っていく。

そしてその小さな舌が、リゼットの唇の端に触れたときだった。

突如、黒猫の体が白く眩《まばゆ》い光に包まれ、リゼットはぎゅっと目をつむった。

が、先ほどよりも柔らかな感触を頬に感じ、おそるおそる目を開く。そして息をのんだ。

焦点が合わないほど近い距離で、金色の瞳がリゼットを見つめていた。

猫ではなく、人間の男の瞳が。

「すまない、リゼット、どうか泣かないで……」

切ない声でそう言って、アルベールと同じ顔をした男は、リゼットの両肩に手を置き、ぺろりとリゼットの頬の涙を舐め取った。

リゼットは目を見開いて固まる。状況に頭が追いつかない。

「え、あ、あ……」

「不甲斐《ふがい》ない俺を許してくれ、リゼット……」

「あ、あ、アル……？　え、だ、だんな、さま……？」

どうにか声を絞り出すと、男が動きを止めた。

「え？　は？　喋れてる……!?」

自身の口を手で覆い、その手をまじまじと見つめてから、ぽかんと口を開ける。

「人の姿に戻ってる……信じられない……。これはいったい……まさか呪いが解けたのか……!?」

「あ、あ、あの……」

両手で顔を覆い、リゼットはか細い声で口を挟んだ。

「あ、アルでも旦那様でもいいので、と、と、とりあえず服を着てください……！」

リゼットに覆《おお》い被《かぶ》さるようにソファに乗り上げていた男は、自身の素っ裸の体を見下ろし、それから真っ赤な顔で固まるリゼットを見て――。

「うわあああああぁぁぁぁっ!?」

夜の公爵邸に、情けない男の悲鳴が響き渡った。

第五章　誓いのキスをもう一度

「……つまり、黒猫のアルは旦那様で、旦那様が黒猫のアルだったというわけですか……？」

アルベールの説明を一通り聞き終えたリゼットは、いまだ混乱した頭で尋ねた。

「そういうことに、なる……」

リゼットから視線を逸《そ》らすことなく、アルベールがうなずいた。

あの後、悲鳴を聞いて駆けつけたセバスチャンとマーサは、シーツを体に巻き付けたアルベールの姿に目を瞠《みは》った。

「アルベール様、そ、そのお姿は!?」

「もしや呪いが解けたのでございますか!?」

セバスチャンもマーサもアルベールに駆け寄り、涙を流して喜んだ。

やがて、ぽかんと呆《ほう》けて成り行きを見守るリゼットに気づいたセバスチャンが、裸にシーツ姿のアルベールを大慌てで部屋から連れ出した。

まもなく呼びに来たマーサの案内でアルベールの部屋にやって来たリゼットは、きちんと身なりを整えたアルベールと、ソファで向かい合っていた。

二人の間のローテーブルでは、温かいハーブティーが湯気を立てている。

打ち明け話によれば、アルベールは生まれつき、夜の間だけ猫になってしまう体質なのだという。

「王家に生まれた男子に時折現れるんだ。大昔に王家が受けた呪いと伝えられているが、詳しいことはわかっていない」

それはごく限られた者だけが知る王家の秘密。

公爵家の使用人には、秘密を守ることのできる忠義者だけが集められている。特にセバスチャンとマーサの二人は、アルベールが幼い頃から、その秘密ごとアルベールを守ってきたのだという。

「自分なりに呪いを解く方法を調べようとしてみたが、さっぱり見当がつかなくて……」

シャトラン家の図書室にあった神話や伝承にまつわる蔵書は、そういう目的で集められたものであったらしい。

「では、旦那様が決して夜会に参加されなかったのは……」

「夜は猫になってしまうからな」

「昼間、仕事でお忙しくされていたのも、人でいられる時間が限られていたからなんですね？」

「そういうことだ」

さらに、万が一突然猫の姿になってしまったらという不安から、昼間もできるだけ他人との接触を避けていたのだという。

「なるほど……」

いろいろなことが腑《ふ》に落ち、リゼットはうなずいた。

日が暮れてからアルベールの姿を見ることがなかった理由。屋敷の中にいる、と言ったセバスチャンの言葉も嘘《うそ》ではなかったのだ。

ただ、わからないことが一つあった。

「なぜ突然、人の姿に戻れたのでしょう？」

「それは俺にもさっぱり……」

二人して首をかしげていると、壁際で気配を消していたセバスチャンが、「僭越《せんえつ》ながら」と口を挟んだ。

「アルベール様が奥様の唇をお舐《な》めになったからではないでしょうか。古来より、呪いを解くのは愛する者のキスと相場が決まっておりますゆえ」

「あ、愛する者のキス……!?」

リゼットとアルベールの声が重なる。

「あとはお二人でよくお話しになられてくださいませ。それでは私どもはこれで」

そう言い残し、セバスチャンとマーサは上機嫌で部屋を出ていく。あとには、頬を染めて顔を見合わせるリゼットとアルベールだけが残された。

「その……」

しばしの沈黙の後、先に口を開いたのはアルベールだった。

「本当にすまなかった。はじめから君にちゃんと事情を話していれば……。こんな呪われた身で他人とちゃんとした関係を築くことなど、ましてや夫婦になるなど、できるはずがないと思っていたんだ
……」

「それで、愛することはできない、と?」

アルベールがうなずく。

「白い結婚を続けて、三年後に君が望めば離縁するつもりでいた。だが君の様子が気になって、こっそり猫の姿で……」

結婚初日の晩、黒猫がバルコニーにいたのはそういうわけだったらしい。本当はリゼットに見つかる前に引き揚げるつもりだったのだという。

「君のそばにいるのが心地《ここち》よくて、結局毎晩君の部屋に通ってしまった……」

アルベールはリゼットの傍らに跪《ひざまず》き、恭しくその右手を取った。

「リゼット、もし許されるなら、あの最低な言葉を撤回させてほしい。どうか君を愛することを許してもらえないだろうか……」

美しい金色の瞳に切なく見つめられ、リゼットは魅入られたように言葉を失ってしまう。無言のままでいるリゼットに、アルベールが寂しげな微笑《ほほえ》みを浮かべた。

「……すまない、忘れてくれ。こんな忌まわしい身で、君に愛されたいなどと……」

「いいえ」

リゼットは慌てて首を横に振る。

「違うんです。驚いてしまって……。愛するだなんて、誰にも言われたことがなかったから……」

リゼットは微笑んだ。じわりと、温かい涙が滲《にじ》む。

「嬉《うれ》しいです……とても。私も、旦那様をお慕いしています。ずっと旦那様の隣にいさせてください」

「本当に？」

アルベールの整った顔が喜びに輝く。

「こんな、猫になってしまうような男でも？」

「ふふ、私がどれだけ黒猫のアルを愛しているか、旦那様はよくご存じでしょう？」

「そうだな、それはもう身をもって……」

言いかけて、アルベールは口を噤《つぐ》んだ。その顔がじわじわと朱に染まっていく。

リゼットもまた、黒猫のアルとのあれこれを思い出して顔色を変えた。薄い夜着姿で膝に乗せ、猫じゃらしで翻弄し、全身を撫《な》でまわし、頬ずりし、キスし、さらにお腹《なか》に顔をうずめてスーハーし……。

「あ、あの、わ、私、旦那様にとんでもないことを……」

「いや……」

アルベールが顔を両手で覆う。

「死ぬほど恥ずかしかったが、君が喜ぶなら……。それに、その、意外と嫌ではなかったというか……」

その上、ここ数日は夜も抱いて眠って……。と、そこまで考えてリゼットはハッとした。

「えっ。もしかして、あれは夢ではなかったのですか!?」

初めて黒猫を抱いて眠った夜に見た、黒猫がアルベールそっくりの姿になり、リゼットの頭を撫で、愛を囁《ささや》く夢。思い出しただけで頬に熱が集まっていく。

アルベールがうなずいた。

「……君のそばを離れがたくてぐずぐずしているうちに夜が明けてしまって……。君が目を開けたときには本当に焦った。……あっ、だが誓って頭を撫でただけで変なことはしていないし、あの日以外はちゃんと猫のうちに自分の部屋に戻ったから！」

アルベールが真っ赤な顔で弁解する。そんな夫が可愛《かわい》らしく思えて、リゼットはふわりと微笑んだ。

「ここ数日、旦那様が寝不足だったのはそういうわけだったのですね……。これからは朝までゆっくり休んでくださいませ。もう、夜明けまでにこっそり戻る必要などないのですから」

そう言うと、アルベールが目を瞠った。

「……それは、これからも一緒に寝てもいいということ？」

「えっ、あっ、それは、その……」

つい黒猫を抱いて寝るつもりで言ってしまったが、もうアルベールは猫ではないのだ。

アルベールが期待に満ちた目でリゼットを見上げてくる。その表情は黒猫のアルにそっくりで、リゼットに抗《あらが》えるはずもなく……。

「……はい」

「ありがとう、リゼット！」

アルベールが目を輝かせ、リゼットの隣に腰掛けた。真っ赤な顔でうつむくリゼットの両手を、アルベールの大きな手が包み込む。

「リゼット、愛してる。どうか俺と、本当の夫婦になってほしい」

アルベールを見上げると、愛おしげに細められた金の瞳と視線が絡んだ。

「はい、私を旦那様の妻にしてくださいませ。仮初めではなく、本当の妻に」

「……もう一度、キスをしてもいい？　今度はちゃんと、人間の姿で」

うなずくと、頬にアルベールの手が添えられた。美しい顔が近づいてくる。

リゼットはそっと目を閉じ、幸せな気持ちでアルベールの唇を受け入れた。

◇

一ヵ月後、リゼットは王城で開かれる月見の夜会に参加していた。

毎年恒例の夜会には多くの貴族達が出席し、着飾った人々で会場のホールは華やかな熱気に満ちている。

その熱気から逃れるように、リゼットは一人、ぽつんと壁際に佇《たたず》んでいた。

今夜のリゼットのイブニングドレスは、上品な薄紫色のドレス。落ち着いた色合いながら、裾に向かうほど薄くなるグラデーションと、胸元や裾に施された花柄の刺繍《ししゅう》が繊細で美しい。シャンデリアの光を弾いてきらめく金のアクセサリーが、リゼットの装いにさらなる華やかさを添えていた。

「お姉様」

声をかけられてリゼットは振り向いた。ふわふわとフリルがたっぷりあしらわれたピンク色のドレスが目に飛び込んでくる。人垣から抜けて、ミシェルとルシアンが歩み寄ってくるところだった。

「いらしてたのね。……あら、結局お一人なの？」

ミシェルがわざとらしくリゼットの周囲を見回す。

「ええ、ちょっと……」

言葉を濁してから、リゼットは改めて二人に向き直った。

「久しぶりね、ミシェル。ジェローム様も、ご無沙汰しております。お元気そうでなによりですわ」

ルシアンを家名で呼び、やわらかな微笑を向ける。ルシアンがわずかに目を見開き、頬を染めた。

「ああ、久しぶり。リゼットは、その、雰囲気が変わったね。すごく綺麗《きれい》で驚いたよ」

まぁ、とリゼットは目を瞬く。約半年の婚約期間の間に、ルシアンからこんなふうに褒められたことは一度もなかった。

だらしなく頬をゆるませてリゼットを見つめるルシアンは、隣でミシェルが不機嫌そうに眉を寄せたことにはどうやら気づいていないようだ。

「社交辞令とはいえ嬉しく思いますわ。ですが、これからは名前で呼ぶのはご遠慮くださいませ。すでにシャトラン家に嫁いだ身ですので」

困ったように眉を下げて微笑むと、ルシアンはますます顔を赤くした。

本人は自覚していないが、美しく着飾ったリゼットからは、清楚《せいそ》でありながら匂い立つような色香が漂っている。マーサと、ジャクリーヌが送り込んできた凄腕《すごうで》の化粧師が、朝から気合いを入れて磨き上げた成果である。

先ほどから、何人もの男性がチラチラとリゼットに熱い視線を送っているのだが、リゼットは全く気づいていないのだった。

「あら、そう言うわりには公爵様のお姿が見えないようだけど」

唇を尖《とが》らせてミシェルが口を挟む。それから、歪《ゆが》んだ笑みを浮かべてリゼットを見た。

「お可哀想《かわいそう》なお姉様。やっぱり公爵様に相手にされていないのね。ねぇ、お姉様、いっそのこと実家に戻って来られてはいかが？」

「それは困るな。俺の女神を手放すわけにはいかない」

割り込んできた声に、三人は一斉に振り返った。

黒の夜会服を優美に着こなしたアルベールが、颯爽《さっそう》と歩み寄ってくるところだった。胸元にはリゼットのドレスと揃《そろ》いの薄紫色のチーフ。艶やかな黒髪がさらりと揺れ、金の瞳が満月のように光を帯びている。その瞳はまっすぐにリゼットだけを映していた。

「一人にしてすまなかった、リゼット。珍しく夜会に参加したものだから、次々と知人に声をかけられてしまって」

「いいえ、大丈夫ですわ、旦那様」

アルベールはリゼットの隣に立つと、その細い腰を抱き寄せ、甘やかに微笑みかけた。

そのあまりに麗しく色気に溢《あふ》れた表情に、周囲で成り行きを見守っていた貴婦人達が揃って頬を染める。ミシェルもまた、アルベールの微笑に頬を紅潮させた。

「お久しぶりです、お義兄様《にいさま》！」

上ずったミシェルの声に、アルベールはようやくその存在に気づいたかのように視線を向けた。

「ああ、ミシェル嬢。結婚式のとき以来ですね」

「まぁ、お義兄様。嫌ですわ、そんな他人行儀にされては。あたし達、義理の兄妹なんですもの。ミシェル、とお呼びくださいませ」

ミシェルが潤んだ瞳でアルベールを見上げる。

「今度、公爵邸にお邪魔してもいいでしょう？　こんなに素敵なお義兄様とお茶をご一緒できるなんて夢みたいだわ！」

「おいミシェル、公爵閣下に向かって……」

ルシアンが小声でミシェルをたしなめるが、ミシェルの口は止まらない。

「だってお姉様って口下手《くちべた》で面白みのない人でしょう？　見た目も地味だし。王命とはいえアルベール様がお気の毒で。あたしならアルベール様を――」

「俺の妻を侮辱するのはやめてもらおうか」

冷え冷えとした声音。威圧するような金の瞳に見下ろされ、ミシェルはひゅっと息をのんだ。

「リゼットは素晴らしい女性だ。美しく、品があり、思慮深くて思いやりに溢れている。……君とは違ってね」

「ひ、酷《ひど》いわ……」

ミシェルが唇を震わせた。

「お姉様ね！　お姉様がアルベール様にあたしのことを悪く言ったんでしょう！」

ミシェルが大きな目に涙をため、リゼットを睨《にら》み付ける。その視線からリゼットを守るように、アルベールが前へ出た。

「リゼットは君の悪口など一言も口にしてはいないよ。酷くてけっこう。俺もリゼットも、君達から優しさを期待されても困るのでね。それから、君に名前を呼ぶことを許した覚えはない。次はないと思ってくれ」

誰もが君を選ぶなどと、思い上がらないことだ。小声で囁くと、ミシェルは顔色を青くしてうつむいた。

そろそろ行こうか、とアルベールがリゼットを促す。

「俺とリゼットは二人で幸せになるのでお構いなく。君達もどうぞ末永くお幸せに」

感情のこもらない微笑みを残し、アルベールは踵《きびす》を返した。

リゼットはアルベールのエスコートで歩きながら、うつむいたまま肩を震わせるミシェルと、青い顔で立ち尽くすルシアンをちらりと振り返る。

風の噂《うわさ》では、ミシェルとルシアンの恋は、婚約を結び直した頃をピークに盛り下がり、今ではあまり良好とは言えない関係になっているらしい。

「二人のことが心配？」

アルベールの問いかけに、リゼットは少し考えてから小さくかぶりを振った。

「いいえ。私、これからは、私を大切に思ってくれる方達のために、自分の気持ちも時間も使っていきたいです」

「ああ、そうだな。俺も同じ考えだ」

アルベールと顔を見合わせ、ふわりと微笑み合う。

「……旦那様、お疲れではありませんか？」

初めて夜会に参加するアルベールの顔には、わずかに疲労の色が見て取れる。

「疲れが全くないと言えば少し嘘になるな……」

アルベールの呪いが解け、月見の夜会に出ると決めてから、シャトラン公爵家は準備で大わらわだった。ジャクリーヌに頼み込んで二人の衣装を仕立ててもらい、それに合わせた宝飾品を誂《あつら》えた。

特に、初めて夜会に出席するアルベールには、やらなければならないことが盛りだくさんだった。

夜会の流れを確認し、ダンスの練習をすることもその一部。

とはいえ、アルベールも幼い頃は、他の兄弟達と同じようにダンスを習っていたらしい。数年のブランクはあるものの、生まれつきの運動神経の良さもあり、あっという間に優雅に踊れるようになってリゼットを驚かせた。

「だけど、それ以上に楽しいよ。リゼットが隣にいてくれるおかげだ」

「私も、こんなに夜会が楽しいのは初めてです」

柔らかい微笑みを向けられ、リゼットの心が浮き立つ。

「さあ、国王陛下と王妃殿下に挨拶に行こう。必ず来るようにと念を押されているんだ。それが終わったら……ダンスを一曲お相手願えますか？」

不意打ちで手の甲にちゅっと口づけられ、リゼットは思わず頬を染めた。

「は、はい、喜んで」

しどろもどろに答えると、アルベールが困ったように眉を寄せた。

「……いや。一曲と言ったが、あれは訂正する」

「えっ？」

「一曲ではなく二曲目も三曲目も……今日は俺とだけ踊ってほしい。こんなに可愛らしい君が他の男と至近距離で密着するなんて、とても耐えられそうにない」

「えっ、かわっ……!?」

リゼットの頬がますます赤く染まる。

「あ、あの、私そもそも誰にも誘われないと思うのですが……」

「いや、それはない。さっきから君をダンスに誘おうと狙う男達の視線を痛いほど感じている」

もっと牽制《けんせい》しなければならないなと呟《つぶや》いて、アルベールが小さく舌打ちする。

リゼットが周囲をうかがうと、確かに多くの人の目が向けられているが、それは男性ばかりではないように思えた。貴婦人達の熱視線が向かうのは、もちろん若き美貌の公爵、アルベールだ。

「……どちらかというと、女性からの熱い視線を感じるのですが」

「そうか？」

不思議そうに首をかしげるアルベールは、自分が女性に好まれる容姿だという自覚がないらしい。

「もちろん、俺もリゼット以外とは踊らない。今日はずっと俺のそばを離れないでほしい。……駄目だろうか？」

アルベールがじっとリゼットの目を見つめる。わずかに眉の下がった表情は、しょんぼりと耳が垂れた黒猫の姿を連想させ、リゼットの胸がキュンとときめいた。

「駄目じゃないです。今日は……いえ、明日も明後日も、ずっと私を離さないでください」

「もちろん。頼まれたって離さない」

金の瞳が魅惑的にきらめく。形の良い唇は弧を描き、再びリゼットの手の甲に熱いキスを落とした。

「ダンスを楽しんだら、少しだけ夜会を抜け出そう。二人だけで行きたいところがあるんだ。いい？」

「もちろん構いませんが……どちらへ？」

「……君と俺が、初めて出逢《であ》った場所へ」

重たい扉を二人でゆっくりと押し開ける。

無人の大聖堂に足を踏み入れると、あの日と同じように、ひんやりと厳粛な空気に全身を包まれた。けれど、あの日感じた息苦しいまでの緊張は、今のリゼットにはない。胸に満ちるのは温かな高揚感だ。

父と歩いたバージンロードを、今度はアルベールのエスコートで進む。そっと右隣を見上げると、すぐさま柔らかな微笑が返ってきた。

灯《あか》り一つない大聖堂を、ステンドグラス越しの月明かりがおぼろに照らす。静謐《せいひつ》な空間に、密《ひそ》やかな足音と衣擦《きぬず》れの音だけが響く。

やがて女神像の前まで辿《たど》り着くと、二人はどちらからともなく向かい合った。

アルベールがリゼットの右手を掬《すく》い取る。月の光を集めたように、金の瞳がきらめいた。

「リゼット。あの日の誓いをやり直させてほしい。君と初めて出逢ったこの場所で」

「はい、喜んで」

微笑んで答え、リゼットはアルベールの手に自身の左手を添えた。

真剣な、そして温かな熱を灯《とも》した金の瞳が、まっすぐにリゼットを見つめる。

「私、アルベールは、リゼットを妻とし、病めるときも健やかなるときも、悲しみのときも喜びのときも、この命のある限り君を愛することを誓う」

リゼットもまた、若草色の瞳でひたむきにアルベールを見つめた。

「私、リゼットも誓います。アルベール様を夫とし、病めるときも健やかなるときも、悲しみのときも喜びのときも、この命のある限りあなたを愛すると。もちろん、旦那様が人であるときも猫であるときも、ね」

「ああ、よろしく頼む」

二人で顔を見合わせ、密やかな笑みを漏らす。

「誓いのキスを」

アルベールが優しい手つきでリゼットの前髪に触れる。目を閉じると、そっと引き寄せられ、あの日には触れられることもなかった額に、柔らかな口づけが落とされた。

胸に込み上げた幸福感が、吐息となってこぼれ出る。目を開けると、愛《いと》しい人が甘やかにリゼットを見つめていた。

アルベールの左手が頬に添えられる。それを合図に再び目を閉じると、待ちわびていた熱が唇に触れた。

二人の長い誓いの口づけを、女神像が静かに見守っていた。

◇

その日の夜会の席で国王ファビアンが、皆に向けてメーツァ王国との外交交渉の成功を報告し、その立役者の一人としてシャトラン公爵アルベールを紹介した。アルベールとその妻リゼットは一躍時の人となり、多くの人々に囲まれたが、二人は約束どおり互いとだけダンスを踊り、その結果、シャトラン公爵夫妻の仲むつまじさは社交界に知れ渡ったのだった。

以後、アルベールが積極的に社交界に顔を出すようになったことで、公爵家は存在感を増すことになる。また、アルベールは、兄である国王の補佐として、国政において重要な地位を確立する。リゼットもそんなアルベールの最愛の妻として、社交界で一目置かれるようになっていった。

公爵家の求心力が高まる一方で、その公爵家から疎遠にされているドゥーセ伯爵家とジェローム伯爵家からは、どんどん人が離れていった。

ミシェルとルシアンは、「真実の愛」などという噂を流した手前、婚約を解消するわけにいかず、

ギスギスした関係のまま一年後に結婚。お互いに外に愛人を作り、真実の愛とはほど遠い仮面夫婦になったのだった。

エピローグ

夜更けの公爵邸。夫婦の寝室に置かれた、ゆったりサイズのソファ。夜着姿で腰掛けるリゼットの膝の上では、一匹の黒猫が丸くなっている。

機嫌よくゴロゴロと喉を鳴らした黒猫は、すっくと立ち上がると、リゼットの唇に鼻先を近づけた。

しかしその鼻先は、唇に触れる前にリゼットの手の平に阻まれてしまう。

「まだ駄目よ、アル。ブラッシングが終わってからね」

「ミャウ……」

しょんぼりとヒゲを下げ、黒猫は渋々といった様子で再び丸くなった。その背中に、リゼットが上機嫌でブラシを当てる。

「にゃふ……」

「ふふっ、今日も艶々のふわっふわね」

黒猫の背に頬ずりし、リゼットはうっとりと吐息を漏らす。

夜の間だけ黒猫になる呪いにかかっていたアルベール。その呪いはリゼットとの口づけで解けた……かに思えたのだが、残念なことに解呪の効果は一晩限りだった。今でもアルベールは、太陽が沈むと同時に黒猫の姿になってしまう。人間の姿に戻るにはリゼットとの口づけが必要なのだった。

そんな限定付きの解呪とはいえ、アルベールにとって人生を一変させるものであることに違いはない。

解呪の数日後、アルベールとリゼットはその報告のため、揃《そろ》って王城に赴き、アルベールの兄夫婦である国王ファビアンと王妃エレノーラに私的に謁見した。歳の離れた弟を心から案じていた国王夫妻は大いに喜び、リゼットが恐縮してしまうほどに感謝の言葉を繰り返し口にした。

「やはり、わたくしの見立てに間違いはありませんでしたわね！」

鼻高々に言ったのはエレノーラ王妃であった。王家からドゥーセ伯爵家への婚約打診の際、王妃殿下がリゼットを見込んだという説明がされたが、あれは本当のことだったらしい。

実は、リゼットがミシェルや他の複数の令嬢達と共に招待された王妃殿下のお茶会は、アルベールの婚約者候補を探すためにエレノーラ王妃が企画したものだったのだという。会場に迷い込んできたトラ猫も、猫好きの令嬢を見つけ出すための王妃殿下の仕込みだったと知って、リゼットは唖然《あぜん》とした。立役者となったトラ猫は、今も王宮で大切にお世話されているそうだ。

「リゼットさんしかいないと確信したのだけど、アルベール殿の説得に手間取っている間にリゼットさんとジェローム伯爵子息との婚約が決まってしまって……。あの時は本当に悔しくてなりませんでしたわ。だから婚約が解消されたと聞いて、すぐさまドゥーセ伯爵家に婚約を申し入れましたのよ」

そこからは、アルベールの気が変わらないうちにと大急ぎで手続きを進めたのだと聞かされ、リゼットはあの急展開にようやく合点がいったのだった。

そんなことを思い出していると、ふいに、唇にチョンと温かいものが触れた。白い光に包まれた黒猫が、アルベールへと姿を変える。

「隙あり」

ニヤリと口の端を上げるアルベールに、リゼットは頬を膨らませる。

「もうっ。ブラッシングがまだ途中でしたのに」

「充分気持ちよくしてもらったよ。今度は俺の番」

準備してあったローブを素早く羽織り、アルベールがソファに腰掛ける。

おいで、と甘やかに微笑《ほほえ》み、リゼットを手招きした。

「……あの、やっぱり恥ずかしいです、これ……」

リゼットが頬を染めて呟《つぶや》く。

「どうして？」

手招きされたリゼットは、アルベールの膝の上に座っている。アルベールの手にはブラシ（もちろん人間用の）があり、丁寧な手つきでリゼットの薄茶色の髪を梳《す》いている。

「リゼットなんて、いつも俺にもっと大胆なことをしてるのに」

「あ、あれは相手が猫さんだからで……！」

「正体は俺だと、もう知ってるくせに」

アルベールがからかうような忍び笑いを漏らす。リゼットはますます顔を赤くした。

そう、リゼットは黒猫の正体を知ってからも、以前と変わらず黒猫を愛《め》でている。本当は人間だとわかっていても、もふもふの誘惑には勝てないのだ。以前と違うのは、黒猫を抱いて眠ることがなくなったことくらいだろうか。

「ブラッシング、気持ちよくない？」

「気持ちは、いいですけど……」

胸がドキドキして落ち着かないのだ。

黒猫を愛でた夜は、お返しとばかりにアルベールにじっくりと甘やかされてしまう。恥ずかしいけれど、それ以上の幸福感がリゼットを満たしている。

「だったらさせてほしい。いつものお礼。それに、俺の手でリゼットが綺麗《きれい》になるのが嬉《うれ》しい」

「……でも、どうせこの後すぐに乱れますのに」

ふにゃりと眉を下げて横目で見ると、アルベールはブラッシングの手を止め、悩ましげなため息をついた。

「リゼット、君はどうしてそう無防備に俺を煽《あお》るようなことを……」

「え？　きゃっ」

小首をかしげるリゼットを横抱きにして、アルベールは立ち上がった。そのままベッドへと足を向ける。

「君を綺麗にするのも乱すのも、俺だけの特権。さっそくその権利を行使させてもらうことにしよう。君が黒猫にする何倍も甘やかすから、覚悟して」

蕩《とろ》けるような金の瞳に見つめられ、リゼットは頬を染めてうなずく。

「……はい、存分に甘やかしてくださいませ、旦那様」

愛《いと》しい夫の首に腕を回し、その頬に口づけて、リゼットは幸せいっぱいに微笑んだ。

愛することはできないと告げたら溺愛が始まりました⁉　～黒猫の事情～

「あの、旦那様……今夜、なんですけど……」

ある日の昼下がり。アルベールの執務の休憩を兼ねたティータイムでのこと。

夕方までには仕事が一段落つきそうだ、と何の気なしに言った途端、妻のリゼットがパァァと顔を輝かせた。そして、もじもじしながら切り出した。

「こんなことを言うと、はしたないと呆《あき》れられてしまうかもしれませんが……私、もう限界なんです。だって一週間もご無沙汰なんですもの……」

リゼットが恥ずかしそうに頬を染める。

確かにここ数日、アルベールの仕事が立て込んでいたり、夜会に参加したりで、夫婦でゆっくり過ごす時間が取れていなかった。部分的に呪いが解けたのは良かったが、その分アルベールは忙しくなってしまったのである。

「温《ぬく》もりが恋しくて……。駄目、ですか……？」

リゼットが瞳を潤ませ、上目遣いに見つめてくる。

愛する妻からこんなふうに情熱的に求められて拒めるはずがない。もとより拒むつもりなど、アルベールにはないのだが。

「駄目なわけないだろう。そうだな、今夜は久しぶりに二人でゆっくり過ごそう」

そう微笑《ほほえ》みかけると、リゼットがうっとりとうなずいた。

「にゃふ……」

そういうわけでその日の夜更け、アルベールはリゼットの膝の上にいた。もちろん黒猫の姿で。

いつもは日が暮れて黒猫姿になるとすぐに、リゼットが解呪のキスをしてくれる。けれど猫好きのリゼットのため、時折こうして黒猫姿のまま過ごす日を設けているのだ。

ちなみに、別途、普通の猫を飼うという案は、アルベールが即座に却下した。妻の関心を他の猫に奪われるなんて耐えられない。黒猫はやきもち焼きなのである。

それに、アルベールは黒猫の姿でリゼットに撫《な》でられるのが、案外嫌いではない。いや、正直に言うと実に心地《ここち》よい。

今も猫用ブラシでブラッシングされながら、黒猫の体はふにゃりと弛緩《しかん》しきっていた。

「ふふっ、とっても気持ちよさそうね」

「にゃ……」

（ここは楽園……俺の妻は女神……）

そんな愛《いと》しい妻に、新婚早々「君を愛することはできない」などと酷《ひど》い言葉を投げつけてしまったことを、アルベールはいまだに後悔し続けている。

はじめから本当のことを打ち明けていれば、リゼットを泣かせることはなかったのに、と。

けれど、あの当時のアルベールにはどうしても信じられなかったのだ。

この呪いゆえに実の母にすら忌み嫌われた自分を、初対面の妻が受け入れてくれることなど――。

◇

自分が他の人と違うと気づいたのは、物心がついてまもなくのことだった。

太陽が沈むと同時に猫へと姿を変え、朝日が昇ると同時に人の姿に戻る。

兄や姉、使用人達。周りにそんな人間は誰一人としていなかった。

「どうして僕だけみんなと違うの？」

当時アルベールの乳母であったマーサに尋ねると、マーサは困ったように眉を下げた。

その数日後、珍しくアルベールの部屋を訪れた父王が、王家の呪いについて話してくれた。

自分は呪われている。

その事実は、幼いアルベールにとって、とても恐ろしいことに思えた。

と同時に、だから母上は自分を嫌うのだと、ようやく理解した。

アルベールの母親は、自らが産んだ子が呪われているという事実を、どうしても受け入れることができなかった。

心構えがあれば違っていたのかもしれない。

もちろん、王家の呪いのことは第一子の妊娠中に知らされていた。けれどそれから十五年が過ぎ、その間に何事もなく三人の子を産んだことで、呪いに対する意識はほとんどなくなってしまっていたのだ。

間が悪いことに、アルベールが生まれ落ちたのは深夜だった。長く苦しいお産の末に、羊水に濡《ぬ》れた黒い子猫を見せられた母は、恐慌状態に陥った。

結局アルベールの母は、自身の心の平穏を保つため、我が子の存在を「なかったこと」にした。

抱きしめることはおろか、名前を呼ぶことすらしない。すぐそばにアルベールがいてもまるで見えていないかのように振る舞い、話しかけられても一切応えない。

幼いアルベールの心に、大きなひび割れができた。

二番目の兄と姉は、そんな母を真似てアルベールをぞんざいに扱った。

国王であった父は多忙で、子ども達に構う時間があまりなかった。たまに子ども達のために時間を使うとしても、アルベールの優先順位は兄弟の中で最も低かった。

家族の中で、一番上の兄ファビアンとその妻エレノーラだけがアルベールを気にかけてくれた。

とはいえ、アルベールが物心ついた頃には長兄はすでに成人し、王太子として忙しい日々を送っていた。末の弟を案じつつも割ける時間は多くはなく、アルベールの心のひび割れを埋めてくれる存在にはならなかった。

それでもアルベールは、長兄夫婦に対しては恩義を感じていた。

だから兄夫婦から何度も説得を受けて拒否しきれず、最後には妻を迎えることを了解した。

「あのお嬢さんなら……リゼットさんならきっと、アルベール殿の呪いのことも受け入れてくれると思うのです」

兄嫁のエレノーラは熱心にそう言ったが、アルベールは全く期待していなかった。

事前にこちらから呪いのことを説明しておこう、と長兄が提案してくれたが、自分で話すからと断った。

本当は妻に打ち明けるつもりなどなかった。話したところで、受け入れられるとは到底思えなかったからだ。

自分には人を愛する資格も、愛される資格もない。まともな夫婦になることを期待されても、それに応えることはできない。

だからはじめに、はっきりと告げた。

「すまないが、君を愛することはできない」

酷いと怒り出すか、それとも泣き出すか。いずれにしても厄介なことだと思っていたら、妻となった女性、リゼットの反応はそのどちらとも違っていた。

若草色の凪《な》いだ瞳が、妙に気になった。

それでその夜、黒猫の姿でこっそり、バルコニーからリゼットの部屋を訪ねたのだ。

姿を見せるつもりなんかなかったし、ましてや部屋に入り込む気などさらさらなかった。

それなのに、

「私ね、新婚の旦那様に初夜をすっぽかされてしまったの。代わりに猫さんが話し相手になってくれたら嬉《うれ》しいのだけど……」

そう言われてしまうと、すっぽかした張本人としては罪悪感を覚えずにはいられない。

無視することができず、アルベールは初夜の晩、新婚の妻の部屋に黒猫姿で足を踏み入れた。

アルベールの呪われた運命が、静かに動き始めた瞬間だった。

翌朝、アルベールはリゼットと朝食を共にした。

本当は、食事の席に同席するつもりはなかった。「愛することはできない」と宣言してしまったのだ。気まずい雰囲気になるのは目に見えている。

けれど前日の夜にリゼットが、「明日の朝食をご一緒できたら嬉しいのだけど」と呟《つぶや》くのを聞いてしまった。

こんな呪われた男に嫁がされた、気の毒なリゼット。離縁が可能になる三年の間、せめて不自由のないよう、その希望は可能な限り叶《かな》えようと決めていた。

……という建前の裏側で、リゼット自身への関心が芽生え始めていたのも事実だった。

前夜、黒猫の姿でリゼットの部屋に入ったとき、アルベールは警戒心たっぷりだった。もしもリゼットが無遠慮に距離を詰めてきたら、すぐさま逃げ出そうと決めていた。

けれど意外にも、その日のリゼットは黒猫から適度な距離を保ち、触れようともしなかった。おそらく黒猫が警戒していることに気づいて、あえてそう振る舞ったのだ。

黒猫相手に語りかけるその言葉の端々からも、気遣いのできるリゼットの人柄がうかがわれた。

その上リゼットが、

「旦那様は本当は親切な方なのではないかと思っているの。例えばこのお部屋。家具もカーテンも壁紙も、女性好みのものに新調されてる。過ごしやすいようにという気遣いが感じられるわ」

などと言い出したものだから驚いた。

確かにリゼットの部屋は、結婚が決まってから家具や壁紙を一新している。だがそれはアルベールの発案ではなく、セバスチャンとマーサから強い進言があったからだ。

幼少時より世話になっている二人から、「絶対にそうなさるべきです！」と断言され、拒む理由が思い浮かばなかったからだ。ちなみに、実際に模様替えの指揮を執ったのはマーサだ。

二人の言うとおりにして良かったとアルベールは思った。同時に、本当は自分の手柄ではないということに、少しだけ良心が痛んだ。

リゼットはアルベールに対して怒る権利があった。なのに泣きわめくことも罵ることもせず、かと言って多くを期待するでもなく、ただただアルベールの良いところを見つけ、一人で満足しようとしている。

それはリゼットなりの処世術でもあったのだが、アルベールがリゼットを好ましく思うきっかけとなった。

だからアルベールは、二日目の晩も黒猫の姿でリゼットの部屋を訪ねた。

また黒猫に会えることを期待している様子のリゼットを、がっかりさせたくないという気持ちもあったけれど、きっとそれだけではなかった。

「少しだけ、撫でても構わない？」

リゼットは律儀な性格であるらしい。猫に触れるのにわざわざ了解を取ろうとした。

本音を言うと、あまり触られたくはなかった。

子どもの頃、同じく子どもだった次兄と姉から、玩具《おもちゃ》のような扱いを受けたことがある。ボールのように乱暴に投げられ、逃げようとすれば容赦なく尻尾《しっぽ》を引っ張られた。

怖くて悲しくて、それ以来、猫の姿でいる間は自分の部屋に閉じこもるようになった。

接するのは、事情を知るごく限られた使用人達だけ。彼らは黒猫が本当は王子だと知っていたから、遠慮して体に触れようとはしなかった。

触れられることに慣れていないし、いい思い出もない。

けれど、期待でキラキラと目を輝かせるリゼットを前にすると、嫌とは言いづらかった。

案の定、背中をそっと撫でられただけで、アルベールは硬直してしまった。それを敏感に感じ取ったリゼットがサッと手を引き、「今日はもう触らないわ」と言ったときには心底ホッとした。

と同時に、リゼットへの信頼感も増した。

明日もまた、ほんの少しなら触らせてあげてもいいか、と思うくらいには。


その後もアルベールは、毎晩黒猫の姿でリゼットの部屋を訪れた。

リゼットのお喋《しゃべ》りに相槌《あいづち》を打ち、少しだけ撫でることを許し、自分の部屋に戻る。

リゼットはよく、アルベールの話をした。

「旦那様はスクランブルエッグがお好きみたい」

「反対に、熱いスープはお得意ではないみたいね」

どちらも正解で、なんとも言えないくすぐったい気持ちになったが、なぜか悪い気はしなかった。

自分も真似をして、朝食時にリゼットをこっそり観察してみたりもした。リゼットほどの観察力がないのか、好き嫌いの把握はいまいちできなかったが。

ただ、何を食べるときも機嫌よさそうに「美味《おい》しいですね」と口元をほころばせる姿は好ましかった。

頭や背中を撫でられることにも次第に慣れてきた。リゼットの撫で方はとても穏やかで、触れられて緊張することもなくなった。むしろ、ゆったりと背中を撫でられると気持ちが落ち着いた。

アルベールがリゼットの部屋で過ごす時間は毎日少しずつ延びていき、触れ合う時間も少しずつ長くなっていった。


そんな日が一ヵ月ほど続いたある晩、転機が訪れた。

「あ、あのね、猫さん。少しだけ、抱っこ……してもいい？」

リゼットがそわそわした様子で切り出したとき、アルベールは、少しだけならいいかと許した。すでに、リゼットに触れられるのは嫌なことではなくなっていた。

「ふふ、真正面から見ても美人さんね」

前脚の付け根に両手を差し入れられ、正面から抱き上げられ、うっとりと見つめられる。その距離の近さに鼓動が速くなる。

アルベールが己の迂闊《うかつ》さに気づいたのは、その直後だった。

「あら？　あらあらまぁまぁ！　猫さんたら男の子だったのね！」

みょーんと体の前面をさらけ出した無防備な体勢。リゼットの視線が向かう先は後ろ脚の間……。

（……み、見られ……！）

気づいた瞬間、羞恥にかぁぁっと頭に血がのぼり、考えるより先に体が動いていた。体を丸め、リゼットの手から逃れるべく激しく身をよじる。

自由になったのと、「痛っ！」という声が聞こえたのはほぼ同時だった。

ハッとして見れば、リゼットの左手の甲に大きな引《ひ》っ掻《か》き傷ができていた。白い肌に真っ赤な血が滲《にじ》んでいく。

さぁっと血の気が引いた。

リゼットを傷つけてしまった。

怯《おび》えられる。怒られる。嫌われてしまう――。

目の前が真っ暗になり、耳もヒゲも尻尾もしょんぼりと力をなくした。

けれどリゼットの反応は予想したものとは全く違っていた。

「たいした怪我《けが》じゃないから気にしないで。本当に大丈夫よ」

痛いだろうに、文句一つ言わず微笑んでみせる姿に居ても立ってもいられず、リゼットの膝に飛び乗った。

傷を舐《な》めようとしたが阻止されてしまい、慰めになると言われて、そのままリゼットの膝の上で丸くなった。

「名前を付けてもいいかしら？　……アル、というのはどう？」

そう言われたときにはギクリとした。もしや正体に勘づかれたのかと焦ったが、そんな様子はない。

むしろ、「アル」が「アルベール」の愛称だということに気づいていないのではないかとさえ思われた。

なんとも複雑な気持ちでその名を受け入れた。

こうして、本名アルベールの愛称が、黒猫の名前になった。


リゼットに引っ掻き傷を負わせてしまった日を境に、黒猫はリゼットの膝の上に乗るようになった。

はじめのうちはリゼットから、「お膝に乗せてもいい？」と請われて。

けれどその数日後、リゼットの希望で猫用ブラッシングが導入されると、アルベールは自ら進んでリゼットの膝に乗るようになった。

「君は何か欲しい物はないのか？」

「……ではお言葉に甘えて、一つ欲しい物があるのですが……」

「ああ、何でも言ってくれ」

ドレスやアクセサリーを贈るつもりで聞いたのだが、目をキラキラさせながら返ってきた答えは想定外のものだった。

「猫用のブラシが欲しいのです！」

「……本当にそんな物でいいのか？」

「はい！　黒猫さんをブラッシングしてあげたいのです」

「君が望むなら構わないが……」

リゼットの無欲さに戸惑いつつ注文した最高級の猫用ブラシは、数日後に公爵邸に届けられた。

朝食のときに手渡すと、リゼットは嬉しそうに顔をほころばせた。

「このブラシで黒猫さんをブラッシングするのが楽しみです！　今夜も来てくれるかしら……」

（ああ、必ず行こう）

心の中で答える。リゼットにつられるように、アルベールの表情もゆるんだ。

二十五年の人生のおよそ半分の時間を猫の姿で過ごしてきたアルベールだが、ブラッシングをされた経験はなかった。髪の毛を梳《と》かすようなものだろうと、たいして興味もなかった。リゼットが喜ぶなら、少しくらい付き合ってもいいかと、その程度に思っていたのだが――。

「どう、アル？　気持ちいい？」

リゼットが丁寧な手つきで黒猫の体にブラシを当てていく。

尋ねられたアルベールは、小さく「にゃ……」と応えた。完全に蕩《とろ》けきった声で。

（き、気持ちいい……）

ブラシの適度な刺激が実に快い。手の平で優しく撫でられるのも心地よいが、それとは一味違う。

血の巡りが良くなるのか、体がぽかぽかする。

おまけにリゼットの膝の上は温かくて柔らかくて、なんだかいい匂いまでする。

あまりの気持ちよさに思わずうとうとしかけたところで、「はぁん、ふわふわだわ～」とリゼットに頬ずりされて飛び上がりそうになった。

(か、顔が近すぎるんだが……！)

心臓をバクバクさせながらも、なんとか動かずに耐える。二度とリゼットに傷をつけたりしないと、固く心に誓っていた。


この頃から、アルベールがリゼットと過ごす時間はさらに増えていった。

まずは朝食だけでなく、昼食も一緒にとるようにした。

「アルが昼間も遊びに来てくれたら、退屈なんてしないのに……」というリゼットの呟きがきっかけだった。

リゼットが一緒に過ごしたがっているのは「アルベール」ではなく黒猫の「アル」だということはわかっていたが、昼間は時間を持て余していると言うリゼットに、できるだけのことをしてあげたかった。

それに、黒猫としてリゼットの素顔を知るにつれ、「アルベール」としてももっとリゼットと交流したい気持ちが膨らんでいた。

とはいえ、人の姿でいられる時間が限られている分、日中は仕事に追われていて、昼食も慌ただしいものになってしまう。片手でペンを走らせながらでも食べられるようにとコックのレミが工夫してくれた料理は、様々な具材をたっぷり挟んだサンドイッチで、手軽で美味しいが淑女には食べにくい形状をしていた。

それに付き合わせるつもりはなかったのだが、リゼットは、

「せっかくご一緒するのですもの。旦那様と同じものをいただきたいですわ」

と、アルベールに合わせようとしてくれた。

実際に食べる段になると、案の定食べにくそうにしていたが、

「思ったとおり、とっても美味しいですね。特にこの、茹《ゆ》で鳥とチーズとたっぷりのお野菜を挟んだものが一番好きです」

と、顔をほころばせた。それはアルベールも一番気に入っている取り合わせで、好みが一致したことに密《ひそ》かに嬉しくなった。

毎日リゼットと一緒に昼食をとるようになったことを、侍女のマーサも喜んだ。

それまで昼食は食べたり食べなかったり、時間も不規則で、よくマーサからお小言を貰《もら》っていたのだ。

「奥様のおかげでございますね。わたくしも長く王宮に勤め、たくさんのお嬢様方を拝見してまいりましたが、あの方はまことに得難い御方だと思いますよ。奥様に逃げられないよう、大切になさいませ。……夫婦の間で隠し事は、よろしくないと存じますよ」

じっと見つめられ、アルベールはそっと視線を逸《そ》らした。

マーサが言いたいことはわかっていたが、それに返事をすることはできなかった。

同じ頃から、アルベールは夕食もリゼットと同席するようになった。ただしこちらは黒猫の姿で。日没と共に黒猫の姿になってしまうから、夕食どきに人の姿でいることはできない。夕食はいつも、自室で猫用にアレンジされた料理を食べていた。

そしてリゼットがおおよそ寝支度を整えた頃を見計らって部屋を訪ねていたのだが、それでは足りなくなってしまったのだ。

少しでも長く、リゼットのそばにいたい。

リゼットは、夕食はいつも自室で一人でとっていると、マーサから聞いていた。それである晩、リゼットの夕食前を狙って部屋に突撃した。

「私と一緒に食べる？」

「ニャーオ」

歓迎されたことに、思わず尻尾が揺れた。

まもなく呼ばれてやってきたセバスチャンは、椅子に堂々と鎮座する黒猫を見て、目を丸くして固まったが、すぐに気を取り直して猫用の食事を運んできた。

なにしろ運び入れる部屋を変えるだけなのだから、準備はあっという間だった。リゼットは、「レミってすごいのね。猫の食事にも詳しいなんて！」と感心しきりだったが。

ちなみにその翌朝、渋い顔のセバスチャンから、「アルベール様、ああいったことは事前にご相談くださいませ」という苦情を受けた。

「それで、今後ご夕食は奥様のお部屋へお持ちすればよろしいので？」

「ああ、そうしてくれ」

「かしこまりました。奥様との仲がよろしいのはけっこうなことと存じますが……」

そう言ってセバスチャンは、いつかのマーサと同じ目で、アルベールをじっと見た。アルベールはそれにも応えることはできず、逃れるように目を逸らした。

こうして、黒猫がリゼットと過ごす時間は日に日に長くなっていった。

だが変わったのはそれだけではなかった。リゼットの黒猫への接し方にも変化が起きた。

それはアルベールに、大いなる苦悩をもたらしたのだった。


黒猫がリゼットの膝に乗るようになった頃から、新たに加わった習慣があった。

「アル、こちらにいらっしゃい。あんよ、綺麗《きれい》にしましょうね」

部屋を訪れるとすぐにリゼットに招き寄せられる。

「旦那様から部屋にアルを入れるお許しはいただいているけれど、部屋を汚したら掃除をしてくれるマーサ達に悪いものね」

膝に抱き上げられ、柔らかい布で足裏を拭われる。

「ふふっ、小さくて丸いおてて、とっても可愛《かわい》いわね」

上機嫌で黒猫の足裏を拭いたリゼットは、拭き終えた布を見て、あら、と首をかしげた。

「ちっとも汚れていないわ。とっても綺麗なあんよ。……アル、あなたいったいどこから来ているの？」

ギクリとアルベールは尻尾を立てる。

足裏が綺麗なのは当然だ。黒猫は屋敷の中を移動しているだけで、地面は全く歩いていないのだから。

たらりと冷や汗をかいたアルベールだったが、幸いなことにリゼットの関心はすぐに別のことに移った。

「うふふふふ、本当に綺麗なあんよね。薄桃色の肉球、なんて可愛いのかしら……」

うっとりと吐息を漏らし、リゼットは、ふに、と黒猫の肉球に触れた。

アルベールはビクッと固まる。

もにもにもにもに。

リゼットの細い指先が、肉球を優しく揉《も》みしだく。

「はぁ……アルの肉球、ぷにぷにで気持ちいい……」

リゼットが恍惚《こうこつ》の表情で頬を染めるが、アルベールはそれどころではない。

（な、なんだこの感覚は……！）

初めての感覚にヒゲがピリリと震える。

（くすぐったいような、気持ちいいような……？　よくわからないが、なんだか癖になる……）

その日から黒猫は、リゼットの部屋を訪れると真っ先に足裏を拭かれ、ついでに肉球をムニムニされるのが日課になった。

本当は足裏を拭く必要はないのだが、そうと言うわけにもいかず。

触られる感覚も不快なものではなく。

なにより肉球をもみもみするリゼットはとても幸せそうで、アルベールは戸惑いつつもこの習慣を受け入れたのだった。

だが、リゼットの行為はそれだけにとどまらず、その後ますます大胆になっていった。

「ここ、どう？　気持ちいいと思うのだけど」

「にゃぅ……」

（くっ……こ、これは……）

アルベールは呻《うめ》いた。

ちょいちょいちょいちょい。

先ほどからリゼットのたおやかな指先は、黒猫の耳の付け根を柔らかく撫でている。

頭や背中を撫でられるのとも、ブラッシングされるのとも違う未知の気持ちよさに、思わず尻尾が揺れた。

（まずい……気持ちよすぎてどうにかなりそうだ……）

一旦リゼットの指から距離を取らなければ。

理性の欠片《かけら》がそう訴えかけてくるが、体は正直で、もっともっととねだるようにリゼットの方に頭を寄せてしまう。

「とっても気持ちよさそうで良かったわ。……これはどうかしら？」

続いてリゼットの指先が撫でたのは、黒猫の顎の下だった。

こしょこしょこしょこしょ。

（あ……あ……）

これまた未知の快感にじわじわと意識を侵食され、尻尾がゆらんゆらんと揺れる。

（……俺は人間。猫の本能に、負けるわけには……わけ、には……あ、ああああ……！）

「ゴロゴロゴロ……」

「ふふ、気持ちいいのね」

（ち、違うんだ、喉が勝手に……）

「ゴロゴロゴロ……」

「アル、ゴロゴロ言ってとっても可愛い……」

リゼットが頬を上気させて目を細める。

（ハァ……ハァ……リゼットが楽しそうなのはいいことだが……俺はそろそろ限界だ……）

「にゃん……」

半ばくったりとしながら、そろそろこの苦行から解放してくれと、祈りを込めてリゼットを見つめる。

するとリゼットは、「わかってるわ、アル」と笑顔でうなずいた。

「もっと気持ちよくしてほしいのね？」

「ニャッ!?」

（ち、違う、そうじゃない……！）

黒猫を快楽の沼に沈めるべく、リゼットの両手が向かった先は、尻尾の付け根。

「もっともっと気持ちよくなって……」

わしゃわしゃわしゃわしゃわしゃ。

その瞬間、これまでとは比べものにならない快感が黒猫の全身を駆け抜けた。

ヒゲがビリビリと震え、ふるふると全身の毛が逆立つ。

（あ……あ……やめ……）

しかし願いも虚《むな》しくリゼットの指は止まらない。黒猫の気持ちいいところを的確に見つけ出し、絶妙な力加減で緩急をつけて撫で続ける。

容赦なく高められる快感に、尻尾がピンと立つ。

（くっ……もう、むり……）

そしてついに——。

「ああ……アル、とっても気持ちよさそうね。可愛いわ、そんなにお尻を高く上げて……」

前脚を伏せ、後ろ脚を伸ばし、お尻をぐいっと高く突き上げた姿勢。

そんな痴態をリゼットの前で披露してしまったアルベールは、あまりの羞恥に打ちひしがれた。

(終わった……俺の、人としての尊厳が……)

そう思う間もリゼットの指は止まらず、アルベールは快楽と羞恥との間を行ったりきたり忙しい。

「私の指で気持ちよくなってくれて嬉しいわ。これから毎晩、気持ちよくしてあげるわね、アル」

微笑むリゼットが、女神にも悪魔にも見えたアルベールなのだった。

(……ありえない醜態を晒《さら》してしまった……リゼットの顔がまともに見られない……恥ずかしすぎて死ねる……もういっそトドメを刺してくれ……)

リゼットの魅惑の手技によって快楽に溺れるたびに、どんよりと落ち込むアルベールだったが、リゼットの部屋に通うのをやめたかと言えば、もちろんそんなことはない。触られるのを拒むこともなく、されるがままにリゼットの愛撫を受け続けた。

(これはリゼットが喜ぶからだ。快楽に負けたわけじゃない。うん)

リゼットの膝の上、顎の下を撫でられて喉をゴロゴロ鳴らしながら、アルベールは自分に言い訳する。気持ちよさそうに目は閉じられ、尻尾がゆらんゆらんと揺れている。

(まぁでも、俺は今実際に猫なわけだし、少しくらい猫の本能に負けたって……)

さらなる言い訳を心の中で連ねていると、「ねえ、アル」とリゼットが甘い声で囁《ささや》いた。

「ちょっとお願いがあるのだけど……お腹《なか》を吸わせてほしいの」

(は？)

閉じていた目をパッチリと見開き、リゼットの顔を凝視する。

リゼットは胸の前で手を組むお願いポーズで、女神のような微笑みを湛《たた》えてアルベールを見つめ返

してくる。

（今、なんて言った？　お腹を吸う？　どういう意味だ？　猫の腹は吸うものではないだろう……？）

頭の中を疑問符でいっぱいにしながら、なおもリゼットを見つめていると、リゼットが「いいの？　ありがとう！」と頬を染めた。

（いや、まだいいとも悪いとも言っていないが。というか、意味を説明してくれ……はッ⁉）

「ミャッ⁉」

ころりん、と仰向けにされ、黒猫は固まった。

（ま、まずい。この体勢は丸見え……！）

「うふふ……」

（ま、待っ……）

焦りに焦り、けれど身動きもとれずにいるアルベールに、リゼットの愛らしい顔が近づいてきて……。

五分後。

「はぁ……最高だったわ、アル……」

「みゃ……」

幸せそうに頬を染めるリゼットの膝の上で、労《いたわ》るように背中を撫でられながら、アルベールはしばらくの間くったりと放心していたのだった。

そんなことがありつつも、アルベールは毎晩、黒猫の姿でリゼットのもとを訪れた。リゼットのそばにいると、なんとも言えず心が安らぐ。

撫でられて心地よいだけではない。リゼットの紡ぐ言葉もまた、アルベールを幸せな気持ちにしてくれた。

「アルは可愛いわね」

リゼットは事あるごとに、「可愛い」と口にした。

出逢《であ》った頃はそう言われても、

(こんな呪われた黒猫が可愛いだって？　そんなわけないだろう。それに中身は二十五歳の男だぞ……)

と、その言葉を信じることができなかった。

けれど、毎晩繰り返し言われるうちに、

(もしかして、俺は可愛い、のか……？)

と、ちょっぴり思うようになった。

なんせ、立っても座っても跳んでも欠伸《あくび》をしても、とにかく黒猫が何か動作をするたびに、リゼットはいちいち「可愛い、可愛い」と顔を輝かせるのだ。

リゼットのひととなりを知るにつれて、その言葉への信頼も増した。

ついには、リゼットから「アルは今日も可愛いわね」と頭を撫でられ、

(今日も俺は可愛い……)

と受け入れるようになったのだった。

朝や昼の食事どきにリゼットから黒猫の話を聞くのは、少し恥ずかしいが嬉しくもあった。

「昨日の夜も遊びに来てくれて、とっても可愛かったんですよ」

「そうか、それは良かった」

リゼットの話に相槌を打ちながら、

（なんたって俺は可愛いからな）

と内心でうなずく。思わず口元がゆるんでしまうことには、気づいていない。

気を良くしたリゼットから、黒猫がいかに気持ちよさそうに蕩けていたかを聞かされ、己の痴態を思い出しては羞恥に顔を覆うまでがお決まりのパターンなのだった。


そうして、リゼットが公爵家に嫁いできてから二カ月近くが経ったある日。

朝食後の執務室にて、アルベールは机の引き出しから二枚のハンカチを取り出した。

いずれも白いハンカチだ。一枚には、黒と金の糸で、アルベールのイニシャルである「A」の文字が丁寧に刺繍《ししゅう》されている。

そしてもう一枚。金糸を用いて刺繍されたイニシャルの隣にちょこんと刺繍されたのは、正面を向いて座る黒猫のシルエットだ。

刺繍の黒猫を指先で撫で、アルベールは口元をほころばせる。それはその日の朝食の際に、リゼットから贈られたハンカチだった。

「猫用ブラシのお礼です。あの、ありきたりなもので恥ずかしいのですが……」

自信なさそうに差し出された包みを前に、頬がゆるみそうになるのを抑えるのに苦労した。

リゼットが自分のために刺繍入りのハンカチを準備してくれていることは、黒猫姿のときに聞いて知っていたが、実物を見るのは初めてだった。

「ありがとう」

ずっと楽しみにしていた、などと言うわけにもいかず、それだけ言って包みを受け取った。

綺麗にリボンがかけられた包みを開き、飾り文字の刺繍の見事さに感じ入った。一針一針丁寧に刺されたことが一目でわかる刺繍には、リゼットの人柄が滲んでいるようだった。

もう一枚の、黒猫の刺繍には思わず目を瞠《みは》った。こんなものを準備しているだなんてちっとも知らなかった。リゼットは黒猫相手にすら秘密にして準備を進めていたのだ。

思わず、口を片手で覆って隠した。黒猫の刺繍にはリゼットの黒猫に対する愛情がたっぷり込められているように思えて、もはや口元がゆるむのをこらえることができなかったのだった。

その後、朝食を終えて執務室に移動したアルベールは、ハンカチを取り出してはニマニマと眺め、引き出しに片付け、少ししてまたハンカチを取り出して、というのを延々と繰り返しているのだった。

もちろん机の上の書類の山は少しも減っていない。

「良うございましたね、アルベール様。ですがそろそろお仕事もなさってくださいませんと」

セバスチャンが、少しばかり呆れのこもった眼差しと共に、急ぎの書類をアルベールに差し出してきた。

その書類に素早く目を通し、確認済みのサインをしてセバスチャンに返し、それからまたハンカチに視線を戻した。

セバスチャンが、やれやれと肩を竦めた。

「そんなに嬉しかったのでしたら、奥様にきちんとお伝えになった方がよろしいですよ。お返しということで贈り物をされてはいかがでしょうか」

「贈り物か……リゼットは何を喜ぶだろうか？」

「奥様のご希望に合わせるなら、次の贈り物は猫じゃらしになるかと。取り寄せたいが店のアテはあるかと、先日尋ねられました」

「猫じゃらし……」

アルベールがスンと表情を消す。

「それは……俺と遊ぶためなんだろうな……」

「他に誰がいますか」

「あれは子猫用の玩具じゃないのか？」

「そういうわけでもないようでございますよ。成猫でも好きな猫は好きなのだとか」

「だが中身はいい年した人間の男だぞ？」

アルベールは、むむむと眉を寄せる。

「そうおっしゃらずに一度お試しになってみては。奥様がお喜びになります」

「いやしかし俺の人としての尊厳が……」

「奥様がお喜びになります」

重ねて断言され、アルベールはぐっと言葉に詰まる。

リゼットが喜ぶと言われると弱いのだ。ものすごく弱い。

（到底楽しいとは思えないが、まぁお付き合いで遊ぶフリくらいなら……）

などと考えているアルベールは、猫じゃらしを前にうっかり猫の本能が暴走し、新たな黒歴史を刻む羽目になることをまだ知らないのであった。

「……まぁそれも準備なさるとして、今度こそドレスと宝飾品をプレゼントなさいませ。奥様は慎ましやかな御方ですから、ご自分ではドレスもアクセサリーも買おうとはなさいません。今後、必要な場面も出てくるでしょう。ご指示いただければ、すぐにでも仕立屋を呼びます」

「そうだな。頼む」

「それと……」

セバスチャンが姿勢を正し、じっとアルベールを見つめた。

「そろそろ本当のことを奥様にお話しになるべきではありませんか？」

耳の痛い話が始まり、アルベールはすっと視線を逸らした。

「奥様が嫁いで来られてまもなく二ヵ月になります。アルベール様は夜は仕事で部屋にこもっている、とご説明しておりますが、誤魔化し続けるにも限度というものがございます」

「それは……」

アルベールはこの二ヵ月近く、夜間は一度としてリゼットに姿を見せていない。不審に思われても不思議ではない状況だ。

「夜の間はどこかに出掛けているのではないか、例えば愛人のところに――そう疑われても仕方ありませんよ」

「馬鹿な！　俺はどこにも出掛けてなどいないし、ましてや愛人だなんて――」

「ええ、あなた様が夜間一歩たりともお屋敷から出ていないことも、それどころかお休みのとき以外はずっと奥様のおそばにいらっしゃることも、私どもはよく存じておりますとも。ですが奥様は――」

「わかっている」

セバスチャンの言葉を遮り、アルベールは呻く。

「わかっているんだ。すぐにでも彼女に打ち明けるべきだと……」

それでも、リゼットの反応を想像すると体が震えてしまう。

結婚したときにあったのは、ただ諦めだけだった。どうせ受け入れられるはずがないと。

けれど、リゼットへの気持ちを自覚してしまった今、アルベールの心を占めるのは恐怖と不安だった。

受け入れてもらえなかったらどうしよう。疎まれてしまったら、と。

リゼットが「アル」を心から可愛がってくれていることはわかっている。「アルベール」のことも、嫌われてはいないような気がしている。

けれど呪いのことを知ってもなお、リゼットがあの温かな目を自分に向けてくれるのか、アルベールにはどうしても自信が持てないのだった。

（もう少しだけ……もう少ししたら、必ず……）

ハンカチをもう一度見つめ、アルベールは静かにため息をついた。


後日、ハンカチのお礼だと理由をつけて、今度こそドレスと宝飾品をプレゼントした。

女性にドレスを贈ったことなど人生で一度もない。もちろん選び方も知らなかったが、招きに応じてやってきたジャクリーヌは、メゾンのトップデザイナーであるだけでなく有能な販売員でもあった。

「奥様は色白でいらっしゃいますから、このようなローズピンクのワンピースもお似合いになると思いますの」

「ああ、確かに似合いそうだ」

「上品さと艶やかさを兼ね備えた薄紫色も、ぜひお勧めしたいところですわ」

「そうだな、一つお願いしよう」

「瞳のお色に合わせた若草色も、間違いがありませんわね。ボタンやレースに金色を取り入れるというのはいかがでしょう？」

「それはいい考えだな」

言うまでもなく、金はアルベールの瞳の色だ。それをリゼットが身につけることを想像すると胸が弾んだ。

勧め上手のジャクリーヌに言われるがまま、良いと思ったものは躊躇《ちゅうちょ》なく注文した。リゼットは「そんなにたくさんあっても……」と目を白黒させながら恐縮しきっていたが、譲るつもりはなかった。

アルベールの目から見ればこの上なく可憐《かれん》で清廉で愛らしいリゼット。

それなのにリゼット本人は自身を「地味」と評し、容姿に引け目を感じているらしい。色とりどりのドレスを前に、「私には着こなすことなんて……」とうつむく姿に胸が痛んだ。

リゼットが自分を卑下する原因が実家の家族にあるらしいことは、なんとなく察しがついていた。

普段リゼットがよく着ている紺や茶や灰色も、本人ではなく母親の好みだという。

はっきり言って、アルベールはドレスのことなどよくわからないし、たいして興味もない。たとえ何を着ようが、リゼットの価値に変わりはないと思っている。

だが、リゼットにとってはきっと、ドレスはどうでもいいものではないのだろう。実家で叶えられなかった分まで、色々なドレスを着させてあげたいと、アルベールはそう心に決めたのだ。

半月ほどして注文したワンピースやドレスが届けられると、リゼットは日替わりで新しい衣装を披露してくれるようになった。

「あの、これ、おかしくはないでしょうか……？」

朝食の場におずおずと現れたリゼットの姿を一目見たアルベールは、「何を着ようがリゼットの価値に変わりはない」という考えが間違っていたことを知った。

若草色のワンピースをまとったリゼットは、まるで瑞々《みずみず》しい森の妖精のようだった。ジャクリーヌの提案で取り入れた金色のレースやボタンが繊細な輝きを添えている。

(いつにも増して可憐で綺麗だ。金色も実にしっくりくる……)

内心ではそう思うのだが、実際には、

「よく似合っている」

というそっけない言葉しか出てこない。なにしろ、女性を褒めた経験など皆無なのだ。

それでもリゼットは、

「あ、ありがとうございます。このワンピース、私も素敵だなと思っていて……だから似合うと言っていただけて嬉しいです……」

と頬を染めてはにかんだ。その表情にさらに胸を撃ち抜かれた。

どんな衣装を着てもリゼットはリゼットで、愛らしいことに変わりはない。だが、リゼット自身が前向きな気持ちでまとう物には、リゼットをよりいっそう輝かせる力が宿るようだった。


そうしてますますリゼットへの気持ちは積み重なり、けれど秘密を打ち明ける勇気が持てないままさらに時が過ぎ、結婚から四カ月が経った頃、リゼットの様子がおかしくなった。

黒猫の背を撫でながら、憂鬱そうにため息をついている。いつもの柔らかな微笑みも影を潜めていた。

きっかけは、リゼットの妹のミシェルから手紙が届いたことだった。

シャトラン公爵家に嫁いで来る前のリゼットの婚約解消騒動については、アルベールも承知していた。

……本当のことを言うと、結婚した当時はリゼットにも社交界の噂《うわさ》にも関心がなく、ろくに事情を知らなかったのだが、後にセバスチャンに命じて情報を集めさせたのだ。

ルシアンとの婚約。ルシアンとミシェルの浮気。そして婚約の解消。

元婚約者と妹の身勝手さには腹が立ったが、そのおかげでリゼットは今こうしてアルベールの妻になっているのだと思うと、なんとも複雑な気持ちになった。

そのルシアンとミシェルの恋の盛り上がりは、婚約者を交替した頃に最高潮を迎えたものの、すでに雲行きが怪しくなっているという話だった。

どうやらミシェルは惚《ほ》れっぽい性格らしく、夜会などで見目の良い若い男性を見ると、ルシアンがいるのも構わず気軽に話しかけに行ってしまう。

ルシアンがたしなめれば、

「あたしは色んな人と仲良くなりたいだけなのに、ルシアン様ったら心が狭いのね」

と口を尖《とが》らせる。その態度にまたルシアンが不満を募らせる。

そんなことが繰り返され、二人の関係は早くも冷えかけていると、社交界で噂になっているそうだ。

ルシアンとミシェルの関係がどうなろうと、アルベールの知ったことではない。ただ、リゼットにいらぬちょっかいをかけてくることさえなければ。

そう思っていた矢先に届いた、ミシェルからの手紙だった。

「憂鬱になってしまうのは私自身の問題。それはわかっているのだけど……」

独り言のようなリゼットの話に、静かに耳を傾ける。

聞きながら改めて、リゼットを傷つけたルシアンとミシェルに怒りが込み上げた。それだけではない。リゼットの両親や兄に対しても、苛立《いらだ》ちを覚えずにはいられなかった。

(なぜ、家族の誰も妹の愚行を咎《とが》めなかったんだ。なぜ、リゼットに寄り添ってやらなかったんだ……！)

怒りに全身の毛が逆立つ。「シャーッ！」とやり場のない感情を吐き出してから、アルベールは、すり、とリゼットの手の甲に頭を擦《こす》りつけた。こんな慰め方しかできない自分を不甲斐《ふがい》なく思いながら、何度も、何度も。

リゼットの瞳から、涙がこぼれ落ちる。

「ありがとう、アル……。私のために怒ってくれて。慰めてくれて……」

(……いや。本当は、俺に彼らを責める資格などない。リゼットに寄り添おうとしなかったのは俺も同じだ。夫婦になったというのに、自分の気持ちばかりを優先して……)

それなのにリゼットは、「今日はありがとう」と微笑み、黒猫の額にキスをしてくれた。

その感触は、温かいのに切なくて。

このままリゼットを一人にしたくなくて。

なによりもアルベール自身がリゼットと離れたくなくて。

その晩、黒猫は初めてリゼットと同衾《どうきん》したのだった。

リゼットのしなやかな腕に抱きしめられて、一つのベッドに潜り込む。

それは本当に幸せで、同時にとてつもない苦行でもあった。

薄い夜着越しに感じる、やわらかな体温と穏やかな鼓動。ドキドキと心臓が忙《せわ》しなくて、とても眠るどころではない。

いや、眠るわけにはいかないのだ。夜が明ける前に、黒猫の姿でいるうちに、自分の部屋に戻らなくてはならないのだから。

リゼットが寝息をたて始めたのを確認し、そろりと腕の中から抜け出した。

すると眠っているはずのリゼットの手が、黒猫を捜してシーツの上を彷徨《さまよ》う。触れる位置まで戻り、すり、と頭を擦りつけると、リゼットの手は黒猫の背をひと撫でする。それから安心したようにまた動かなくなった。

眠る口元には、ふわりと微笑みが浮かんでいる。

その寝顔から目が離せなくて、そばを離れがたくて。

リゼットの匂いと温もりに浸りながら、アルベールはただひたすら愛しい人の寝顔を見つめ続けた。

どのくらいの時間が経ったのか。

窓の外が白みかけていることに気づいたときにはもう手遅れだった。

にわかに黒猫の体が白い光に包まれ、輪郭が歪《ゆが》む。その次の瞬間には人間の体に戻っていた。

（やってしまった……）

落ち込んだのはほんの一瞬。

（少しだけ、君に触れることを許してほしい……）

そろそろと手を伸ばし、薄茶の髪に触れる。柔らかなその手触りに、胸の奥が震えた。

起こしてしまわないよう、アルベールはそっとリゼットの頭を撫で続けた。

（リゼット、可愛い、リゼット……）

その温かな頭を撫でるごとに、愛おしさがこみ上げる。黒猫を撫でるときのリゼットもこんな気持ちなのだろうかと、ふと思った。

リゼットを愛している。

アルベールはいまやはっきりと自分の気持ちを自覚していた。

そしてリゼットに愛されたい、とも。

黒猫のときだけでなく、人の姿でいるときも。妻と夫として――。

「ん……。だんなさま……？」

不意にリゼットが薄目を開け、アルベールは固まった。

どう誤魔化したものかと焦るが、頭が真っ白で何も言葉が出てこない。

そうこうしている間にリゼットは、「黒猫のアルが、アルベールそっくりの人間に姿を変えた夢を見ていると勝手に納得したようだった。

ほっと胸を撫で下ろすと同時に、少しだけ気持ちが萎《しぼ》んだ。

（夢、か……そう思うのも無理はない。猫が人の姿になるなんて、荒唐無稽な話なのだから。もちろん、その逆だって……）

頭を撫でると、リゼットはうっとりと目を閉じた。

愛おしさに涙が出そうになる。

「すまない、リゼット。君の夫は腰抜けだ……」

早く本当のことを打ち明けなければ。

気持ちは焦るのに、どうしても臆病な心が前に出てきてしまう。

愛してしまったからこそ、拒絶が恐ろしくてたまらない。

「どうかもう少しだけ待っていてほしい……」

その弱気な判断を、後にアルベールは心の底から悔やむことになる。

実家の伯爵家からリゼットが戻ったのは、太陽が沈んでまもなくのことだった。

「奥様が、旦那様との面会を求めておられました。ご相談したいことがあると……」

セバスチャンの言葉に尻尾がしょんぼりと下がる。

夜は仕事で手が離せないと、以前からリゼットには伝えてある。それでも、とリゼットが願うのは初めてのことだった。

実家で何かあったに違いない。胸騒ぎがする。すぐにでも会って話を聞きたいが、アルベールはすでに猫になってしまっている。

猫のままでもいい。せめてそばにいたいと、急いでリゼットの部屋に駆けつけた。

「いらっしゃい、アル……」

現れた黒猫にリゼットは淡い笑みを向けてくれたが、すぐにその表情は硬くなった。

食欲がないらしく珍しく夕食を残し、その後も心ここにあらずといった様子でため息ばかりついている。

「旦那様を夜会にお誘いしたって……」

リゼットが漏らした呟きにハッとした。

「夜会が無理でも、せめて夕食をご一緒したい……」

リゼットが、夜もアルベールと過ごすことを願ってくれている。それも、こんなにも思い詰めた様子で。それはアルベールに、胸が震えるほどの喜びをもたらし、同時に決断の時が来たことを突きつけた。

(これ以上、隠してはおけない……)

日が暮れてから一度として姿を見せたことのない夫。その不自然さに聡《さと》いリゼットが気づいていないはずがないのだ。

本当のことを打ち明けるのは恐ろしい。かつての母の姿が、嫌でも脳裏によみがえる。兄や姉達を笑顔で抱きしめ、けれど幼いアルベールには指一本触れることもなく、名も呼ばず、目を向けることすらしなかった母。もしリゼットがあの母のようになってしまったら――。

アルベールに向けられる柔らかな微笑み。「旦那様」と呼ぶ穏やかな声。黒猫の背を撫でる温かな手。

これまでリゼットなしにどうやって過ごしてこられたのだろうと不思議になるほど、いまやなくてはならない存在になっていた。もしそのリゼットを失ってしまったら。想像するだけで目の前が真っ暗になり、全身の血が凍り付きそうになる。

(……それでも。たとえ全てを失っても、リゼットに本当のことを打ち明けなければ)

そうでなければきっと、リゼットを深く傷つけてしまう。すでに、結婚式の日に散々傷つけたのだ。にもかかわらず穏やかに歩み寄ってくれたリゼットを、これ以上裏切っていいはずがなかった。

(明日、リゼットに打ち明けよう)

おぼろな月明かりに浮かぶリゼットの寝顔を見つめ、アルベールはそう決意した。

ところが翌朝、王宮から使者が来て、急遽《きゅうきょ》王城に行くことになった。北方のメーツァ王国との外交交渉で通訳を務めるはずだった男が急病に罹《かか》り、出席できなくなったのだという。

間に山脈を挟んで隣接するメーツァ王国とはこれまであまり交流がなく、言語体系も大きく異なるため、通訳できる人間は数えるほどしかいない。兄王たっての要請とあって、拒否するわけにはいかなかった。

夕暮れまでには戻る、待っていてほしい。そう告げて出掛けたが、その日のうちに戻ることは敵《かな》わなかった。

メーツァ王国との交渉が、想定外に難航したのだ。

最大の争点は、つい最近両国を隔てる山で発見された希少な鉱物の取り扱いだった。厄介なことに、鉱脈がちょうど両国の国境に位置していたのである。

改めて国境線を確認するところから始まり、どちらの国がどのように採掘するか、量は、期間は……。議論は様々な点に及び、行きつ戻りつ、混迷を極めた。

アルベールは通訳を務めつつ、会談後には関係資料の翻訳もしなければならなかった。その作業量は膨大で、人の姿でいられる時間をありったけ使わなければ到底間に合わなかった。

おまけにメーツァ国からは、交渉団の団長として第三王子が来訪していた。他国の王族と対等に渡り合うため、王弟であるアルベールが交渉に加わる意義は大きかった。

「アルベール。すまないが、この交渉が落ち着くまで王城に泊まり込んでほしい」

兄王ファビアンに懇願されたとき、真っ先に頭に浮かんだのはリゼットの顔だった。このままでは約束を破ることになってしまう。

だがアルベールは、悩みつつも王城に泊まり込むことを決めた。ことは希少な鉱脈を巡る交渉だ。一歩間違えれば、国境線の位置を巡ってメーツァ王国と戦争にもなりかねない。曲がりなりにも王家に連なる者の責務として、力を尽くさないわけにはいかなかった。

なんとしても交渉を無事にまとめ、三日目の日没までにはリゼットのもとに帰る。ただその一心で、アルベールは通訳と翻訳に邁進《まいしん》し、猫の姿の間も資料を読み込み、頭を捻《ひね》った。

その甲斐もあって、メーツァ王国とは大筋について合意することができた。細かい点は後日、事務方を通して交渉を詰めていくということになり、ひとまずアルベールは帰宅を許された。

「リゼットが待っている。日が暮れるまでに必ず帰らなければ。トマ、急いでくれ！」

馬車に乗り込んだときには、太陽はすでに大きく傾いていた。御者のトマが全速力で馬車を走らせる。だが無情にも、あと少しで公爵邸に帰り着くというところで太陽は沈み、アルベールは猫の姿になってしまったのだった。

(間に合わなかった……。仕方ない、リゼットとは明日の朝、話をするしかないか……)

今日のところはいつものように、リゼットが眠るまで黒猫の姿でそばにいよう。

玄関まで出迎えに出てきたリゼットに、黒猫の姿で飛びつく。三日ぶりにその腕に抱かれ、思わずゴロゴロと喉が鳴る。

そのままリゼットの部屋に行くつもりになっていたアルベールは、床に下ろされてきょとんとした。

「アル、私のお部屋で待っていてくれる？　私、先に旦那様とお話ししなければならないの」

リゼットの顔を見上げ、ハッとした。若草色の瞳には、決意と緊張が滲んでいる。

「ニャーウ……」

(すまないリゼット、明日の朝、必ず話を聞くから……)

耳と尻尾をしょんぼりと垂らし、鳴き声で訴えかけるが、もちろんリゼットには通じない。

「それで、旦那様はどちらにいらっしゃるの？」

「……アルベール様は、その、お部屋でお仕事の続きをなさると……」

「そんなはずは……」

セバスチャンと言葉を交わすごとに、リゼットの顔色がどんどん悪くなっていく。

「ニャーウ、ニャーウ！」

必死にリゼットの気を引こうとするが、リゼットはそれには応えず、思い詰めた表情でふらりと身を翻した。

「……私、旦那様のお部屋に行ってくるわ。どうしても、今すぐにお会いしなければならないの」

（待ってくれ、リゼット！　部屋に行っても俺は……！）

「ニャーオ！　ニャーオ！」

まとわりつくように後を追ったが、リゼットの足は止まらない。

「旦那様、リゼットです」

リゼットがアルベールの部屋の扉をノックする。中からは何の応答もない。当然だ。部屋の主は今、黒猫の姿でリゼットの足元にいるのだから。

駆けつけてきたセバスチャンとマーサに問いかけるリゼットは、今にも泣きだしそうだった。

「旦那様はお部屋に……いえ、このお屋敷にはいらっしゃらないのではないの……？　毎晩、どちらかにお出掛けになっているのではないの……？」

アルベールの血の気が引く。「疑われても仕方ありませんよ」という、いつかのセバスチャンの忠告が脳裏によみがえった。

「ニャーウ！　ニャーオ！」

（違う！　違うんだリゼット……！）

必死に呼びかけるが、リゼットの耳にはもはや届かない。

「いえ、決してそのようなことはございません。旦那様はお屋敷の中にいらっしゃいます」

「……ではどちらにいらっしゃるのですか？　本当にいらっしゃるというのなら、今すぐお目にかかりたいの。どうしても。ほんの少しの時間でいいのです……」

「それは……」

セバスチャンは言い淀《よど》み、黒猫姿のアルベールに視線を落とした。その目ははっきりとアルベールを非難していた。

「申し訳ございません、奥様。私どもの口からは申し上げられません」

ふらふらとした足取りで部屋に戻ったリゼットは、ソファに腰掛けるなり、若草色の瞳からぽろぽろと涙を溢《あふ》れさせた。

（リゼット……！）

膝に飛び乗り、手の甲に何度も頭を擦りつける。けれどリゼットの涙は止まらない。

「私、いつのまにか旦那様のこと、どうしようもなく好きになってしまってた……」

アルベールは目を見開いた。

（リゼットが、俺のことを……？）

喜びに胸が震える。けれど、次の瞬間には激しい後悔に襲われた。

「アル、大好きよ。でもあなたも、私とずっと一緒にはいてくれないのね……」

朝と昼しか顔を合わせないアルベール。

夜しか現れない黒猫。

ただ一人でいい、寄り添ってくれる人が欲しい。リゼットのささやかな望みに気づいていながら、アルベールは逃げ続けていたのだ。

（すまない、リゼット、すまない……）

真実を打ち明ける言葉も、涙を拭う手も持たない黒猫の体がもどかしい。

気がつけば黒猫の舌で、リゼットの頬の涙を拭っていた。

（もっと早く打ち明ければよかった。たとえ君に嫌われても。君を傷つけるくらいなら……）

夢中で涙を拭う。舌がリゼットの唇に触れたのは偶然だった。

「すまない、リゼット、どうか泣かないで……。不甲斐ない俺を許してくれ、リゼット……」

「あ、あ、アル……？　え、だ、だんな、さま……？」

動揺した声で呼ばれて初めて、自分が人間の言葉を発していたことに気づいた。目に映る自分の体は猫ではなく人間のもの。

夜明けにはほど遠い時間だというのに。

「まさか呪いが解けたのか……？」

信じられない思いで呆然《ぼうぜん》と呟く。

どうして突然呪いが解けたのだろうかとか、呪いが解けて嬉しいとか、そんな思いが湧くよりも早く。

「と、と、とりあえず服を着てください……」

素っ裸でリゼットに覆い被《かぶ》さっている自分に気づき、アルベールは情けない悲鳴を上げたのだった。


その後、身なりを整え、リゼットに王家の呪いのことを打ち明けた。

リゼットは目を丸くしながら話を聞いていた。その表情に嫌悪の色がないことに、心の底から安堵《あんど》する。

「君を愛することを許してもらえないだろうか……」

跪《ひざまず》き、リゼットの手を取って愛を告げた。

(たとえ同じ気持ちを返されなくても、俺はもう、リゼットを想《おも》わずにはいられない……)

そう決意をしていても、緊張で手が震えそうになった。

「嬉しいです……とても。私も、旦那様をお慕いしています。ずっと、旦那様の隣にいさせてください」

リゼットの返事を聞いたときには、今度は喜びで震えた。

「リゼット、愛してる。どうか俺と、本当の夫婦になってほしい」

「はい、私を旦那様の妻にしてくださいませ。仮初めではなく、本当の妻に」

若草色の瞳が嬉しそうに細められる。

「……もう一度、キスをしてもいい？　今度はちゃんと、人間の姿で」

リゼットがうなずいてくれるのを待って、その唇に触れるだけのキスをした。

名残惜《なごり》しい気持ちをこらえて顔を離して見れば、頬を染めて瞳を潤ませたリゼットと視線が絡んだ。

我慢できずにもう一度口づけた。今度は深く。

「ん……」

甘い吐息がリゼットの鼻から抜ける。

ハッとして唇を離すと、リゼットが困ったように眉を下げた。

「……すまない。嫌だった？」

今さらながら不安になって問うと、リゼットはふるふると首を横に振った。その顔は真っ赤に染まっている。

「あの、愛されるって、こんなに気持ちいいんだなって……んっ」

こらえきれずに三度唇を奪う。

先ほどよりも深く長い口づけを交わしてから、リゼットをぎゅっと抱きしめた。ますます赤くなった耳元に囁く。

「……明日の夜、初夜をやり直してもいい？」

本音を言えば今すぐにでもそうしたいところだったが、今日はいろいろなことがありすぎた。心の準備もできていないだろうし、リゼットに無理はさせたくない。

（焦ることはない。呪いは解けたのだから……）

背中に回されたリゼットの手に、おずおずと力がこもる。

「はい……」

愛おしさがこみ上げ、アルベールはもう一度リゼットに口づけた。

翌日、生まれて初めて夜の訪れを待ち遠しく思いながら、そわそわと日中を過ごし、日が暮れた直後のことである。

アルベールはリゼットの部屋を目指して公爵邸の廊下を疾走していた。すれ違う使用人達が目を丸くして振り返るが構っている余裕はない。

リゼットの部屋に駆け込むと、リゼットもまた目を真ん丸にしてアルベールを見下ろした。

そう、見下ろされる位置に、アルベールはいたのだ。

「え……旦那様が、アルに……？」

「ミャウ……」

黒猫姿のアルベールは、情けない声で応えた。


リゼットの口づけで呪いはすっかり解けたかに思えたのだが、アルベールは翌日も、日没と共に猫の姿になってしまった。初夜のやり直し……とドキドキそわそわしていた気持ちは一気に吹き飛んだ。戸惑い顔のリゼットが黒猫の口にチョンとキスをしてみたところ、たちまち人間の姿に戻ることができ、無事に初夜はまっとうできたものの……。

「リゼット、もし今夜も猫になってしまうようなら、少し実験に付き合ってほしい。解呪の条件を知りたい」

さらにその翌日、アルベールがそう提案したのは当然のことで、リゼットからも「承知しました！」と気合いの入った返事が返ってきた。

案の定、この日もアルベールは太陽が沈むのと同時に黒猫の姿になった。

そうして時刻は夜更け。場所は夫婦の寝室である。

「それじゃいくわよ、アル」

「ニャ！」

キリッとした顔で宣言し、リゼットが厳かに黒猫の額に口づけた。

唇を離したリゼットと、膝に抱かれたまましばし無言で見つめ合う。

心の中でたっぷり十数え、何も起きないのを確認して、リゼットが小さくため息をついた。

「……予想はしていたけど、やっぱりおでこじゃ駄目みたいね」

「ニャウ……」

アルベールもしょんぼりと尻尾を垂れる。そんなアルベールを励ますように、リゼットがにこりと微笑んだ。

「まだまだこれからよ。実験は始まったばかりですもの」

アルベールがリゼットに協力を依頼した「実験」。それは、どんなキスで呪いが解けるのかを確認するためのものだった。

柔らかなリゼットの膝に抱かれ、人間に戻ったときに備えてバスローブで軽く包まれて準備は完了。

まずは額への口づけだったが、残念ながら効果は見られなかった。

「次はほっぺね」

そう言って、リゼットがアルベールの頬にちゅっと口づけた。リゼットのまろやかな頬に長いヒゲが触れ、妙にくすぐったい。

しかしやはり変化はない。

「ニャン……」

これも予想したことではあったが、しょんぼりと耳やヒゲが垂れてしまう。そんな黒猫の姿を目にしたリゼットの瞳に、にわかに闘志の色が灯《とも》った。

「こうなったら、お口は最後に取っておいて、隅々まで試してみるわよ！」

「ニャ⁉」

夜着の袖をぐいっとまくり、若干腰の引けた黒猫をがっちりと抱え直すと、ピンと立った三角の耳、首筋、丸い前脚の先に次々と口づけていく。黒猫の体を包んでいたバスローブはとっくに足下に落ちてしまったが、リゼットはそれにも気づかない様子で、夢中でアルベールにキスを降らせ続ける。

「ふふっ、アルはどこもかしこも可愛いわね。……でもやっぱり効果はないみたい」

続いてリゼットが狙いを定めたのは背中だった。背骨に添って、頭側から尻尾側に向かって順々に口づけを落としていく。途中、どさくさに紛れて尻尾の付け根にすりすりと頬ずりされて、アルベールはぶるるると身震いをした。

（……も、もういいんじゃないか？　そろそろ限界なんだが……）

しかし気合いの入ったリゼットに手抜かりはなかった。

「尻尾、触るわね……」

一言断りを入れてから、リゼットは長い尻尾の根元から先に向けてちゅっちゅっと口づけを落とす。

敏感な尻尾に感じる唇の柔らかさと吐息の熱さに、アルベールはピシリと固まった。

「やっぱり駄目みたい。あとは……お腹ね」

「ウニャッ!?」

固まったままでいるところをくるりと仰向けにされ、アルベールは金の目を真ん丸にした。

うっとりと蕩けそうな表情で、リゼットの顔が近づいてくる。

（ちょっ……待っ……）

「アル、おとなしくしていてね。これは実験なんだから」

胸のあたりにちゅっとキスされる。「はぁ……」とリゼットが悩ましげな吐息を漏らし、その熱でふにゃりと溶けそうになる。

「うにゃ……」

アルベールが固まっている間にも、リゼットの唇は止まらない。胸から少し下がってお腹にもちゅっ、ちゅっ。ぞくぞくとした感覚が全身に広がっていく。

「にゃ……にゃう……」

さらにもう少し下にとリゼットが顔を動かしかけたところで、アルベールはハッと我に返った。

（さ、さすがにまずい、その先は……！）

リゼットの唇から逃れるように、アルベールは素早くその身を反転させた。

「あっ……」

不満そうなリゼットの口を塞ぐように、ちゅっとその唇に口づけた。たちまちアルベールは人間の姿に戻る。全身が熱い。きっとアルベールの顔は朱に染まっていることだろう。

「旦那様、まだ途中でしたのに」

こちらも真っ赤に染まった顔を背けながら、リゼットがバスローブを差し出してくる。

「いや、実験はもう充分だ……。どうやら唇同士のキスでないと呪いは解けないらしいな」

素早くバスローブを羽織り、アルベールはリゼットの隣に腰掛けた。包み込むように抱きしめると、リゼットの華奢《きゃしゃ》な体が小さく跳ねた。

「ところでリゼット、もう一つ実験をしてみたいんだが」

おでこが触れ合いそうな距離で、リゼットの若草色の瞳を見つめる。身の内を焦がすこの熱で、リゼットの心も体も溶かしてしまいたいとアルベールは思う。

「実験、ですか……？」

「そう。たくさんキスをしたら、解呪の効果が一晩よりももっと長く続くのではないか、という実験。付き合ってもらえるだろうか？」

「はい、そういうことでしたらもちろ……んっ」

言い終える前にその唇に口づけた。

ちゅっ、ちゅっ、ちゅっ、と触れるだけのキス。

それから頭の芯が痺《しび》れるような深いキスを、何度も、繰り返し。

「あの……だんな、さま、こんなに……？」

ぷはっと息を継ぎ、涙目で見上げてくるリゼットに、ますます愛おしさが募る。

「このキスは実験だから」

もう何度目かわからない深いキスをリゼットに贈る。

その夜アルベールとリゼットは、リゼットの体がふにゃりと蕩けてしまうまで、何度も甘いキスを交わしたのだった。

◇

その後も色々と試した結果、解呪の効果があるのは唇同士でのキスのみで、一晩限定だということがわかった。

はじめは完全に呪いが解けたと思っていたので正直がっかりしたし、毎晩キスしてもらわなければ解呪できないのは不便な面もある。

けれど、それはそれで悪くないと、アルベールは思っている。黒猫姿でリゼットの膝の上に丸まりながら。

「はぁ……久しぶりのアルの手触り……」

黒猫の背中を撫でながら、リゼットがうっとりと吐息を漏らす。

猫好きのリゼットを幸せにできるのだから、黒猫姿も悪くない。

と言うより、リゼットが猫をどのように愛《め》でるのかを知ってしまった以上、リゼットに可愛がられる役目を他の猫に譲るわけにはいかなくなった。もしリゼットが他の猫に同じことをしている場面を目撃してしまったら、嫉妬でどうにかなる自信がある。

それに――。

「アル、今日も気持ちよくしてあげるわね」

リゼットの指が耳の付け根の辺りを優しく撫でる。

こうしてリゼットに撫でられるのは、正直なところ非常に心地いいのだ。

黒猫に対する愛情が込められているからだろうか、リゼットに撫でられて気持ちよくなるほど、リゼットを愛おしく思う気持ちも増していく。

だから、やり直しの初夜以来、ほとんど毎晩リゼットを愛しているアルベールだけれど、黒猫として可愛がられた日には特に愛が深くなってしまうのは、仕方のないことだと思うのだ。

耳の付け根をこしょこしょしていたリゼットの指は、首の横を通り喉へと、流れるように場所を変えていく。

あまりの気持ちよさに思わずころりんと仰向けに転がってしまい、ハッと目を見開くと、リゼットが女神のような悪魔のような微笑みで黒猫を見つめていた。

「アル……」

うっとりと上気した顔が黒猫の腹に近づいてくる。

「すぅうぅうぅ………はぁぁぁぁぁ………」

黒猫の腹に顔をうずめたまま深い呼吸を繰り返すリゼット。くすぐったいが、アルベールは微動だにしない。

（リゼットはなぜこの行為の破廉恥さに気づかないのだろうか……）

腹を吸われながら、アルベールは遠い目になる。

（これが猫ではなく人間姿の俺だと想像してみ……いやいやいや、やめろ想像するな、俺の人としての尊厳が今度こそ死ぬ。リゼットも一生気づかないでくれ……！）

余計な考えを頭から追い出し、せめてもの抵抗で、長い尻尾をくるんと前に回して大事なところを隠した。

「はぁ……ありがとう、アル。とっても幸せだったわ……」

ようやく顔を上げたリゼットが、頬を染めて甘い吐息を漏らす。

赤く熟れたその唇に口づけながら、今以上にリゼットを幸せな気持ちにさせるために、さて今夜はどうやって可愛がろうかと、考えを巡らせるアルベールなのだった。

王妃殿下のお茶会　～トラ猫との再会～

ある日の昼下がり。シャトラン公爵邸の玄関先で、リゼットはアルベールと向かい合っていた。

「では行ってまいります、旦那様」

「ああ、気をつけて。義姉上によろしく」

「はい。日暮れまでには戻りますね」

「待ってる」

ちゅっと額にキスを受け、リゼットは馬車に乗り込んだ。

アルベールに見送られて向かった先は王宮。

リゼットはエレノーラ王妃殿下に招待され、二人きりのお茶会に参加することになったのである。


「よく来てくれたわね、リゼットさん」

応接室に入室してきた王妃エレノーラを、リゼットはガチガチに緊張しながら淑女の礼で出迎えた。

「王妃殿下におかれましてはご機嫌麗しゅうございます。本日はお招きに預かりましてたいへん光栄に存じます」

「まあそう固くならず、楽にしてちょうだいな。今日はごく個人的なお茶会ですからね」

王妃殿下は朗らかな笑みを浮かべ、リゼットに座るよう手振りで促した。

「はい、ありがとう存じます」

おとなしく着席したものの、リゼットの緊張は解けない。

今は公爵夫人の地位にあるとはいえ、元はしがない伯爵令嬢。王族に拝謁する機会などこれまで数えるほどしかなかったのだ。

「非公式の場では、わたくしのことはエレノーラと呼んでちょうだい。義理の姉妹になったのですからね。と言っても、歳は親子でもおかしくないくらい離れているけれど」

「……畏れ多いことですが……では、お言葉に甘えてエレノーラ様とお呼びしても？」

「ええ、もちろん。結婚してもう半年ね。公爵家での生活には慣れたかしら？」

「はい、おかげさまで」

そんな会話を交わしながら、リゼットは真正面に座るエレノーラを伏し目がちにうかがう。

深みのある金の髪に青い瞳のエレノーラ王妃殿下は、きりりとした顔立ちの美しい女性だ。細身の体は、三人の子どもを産んだとは思えないほど引き締まっている。王国一と謳《うた》われた美貌は、三十代半ばでも衰え知らずだった。

女官により紅茶と焼き菓子の準備が整えられたのを見計らったかのように、エレノーラが「ところで」と話題を変えた。

「今日あなたをお呼びしたのはね、引き合わせたい子がいるからなの」

「引き合わせたい子、でございますか？」

誰のことだか全く心当たりがないリゼットは、小さく首をかしげる。

エレノーラは近くの女官を手招きすると、「レオポルトを連れてきてちょうだい」と指示を出した。

やがて戻ってきた女官に抱きかかえられたものを見て、リゼットは目を輝かせた。

「まあ、猫さん！」

それは一匹のトラ猫だった。

女官からトラ猫を受け取ったエレノーラは、人払いをしてからリゼットににこりと微笑《ほほえ》みかけた。

「この子に見覚えはない？」

エレノーラの膝でゆったりと寛《くつろ》ぐ、ふさふさと毛足の長いトラ猫。

体格も毛並みも記憶とずいぶん違うけれど……。

「……もしかして、あのお茶会のときのトラ猫さんですか？」

「当たりよ」

王妃殿下が満足そうにうなずく。

リゼットがまだルシアン・ジェロームと婚約する前のこと。

エレノーラ王妃に招かれて参加したお茶会に乱入してきたトラ猫。怯《おび》えた様子で走り回った挙げ句テーブルの下に入って出てこなくなったトラ猫に、他の令嬢達が眉をひそめる中、引《ひ》っ掻《か》かれるのも構わず優しく抱き上げたのはリゼットだった。

実はそのお茶会は、エレノーラが義弟アルベールのために猫好きの令嬢を見つけ出す目的で開いたお茶会で、トラ猫もエレノーラの仕込みだったのだ。

結果としてエレノーラがリゼットを見出《みい》だし、リゼットとアルベールは結婚することになったのだった。

「すっかり見違えましたね」

リゼットは目を細める。

あのときはガリガリに痩せ細り、長い毛も薄汚れて絡んでいたが、今では堂々たる体格になり、毛並みも美しく手入れされている。王宮で大切に扱われていることがひと目で見てとれた。

「あのお茶会のとき、王宮に住み着いていた猫達の中から、あえて一番みすぼらしい子を選んだのよ。ちゃんと躾《しつけ》られた美しい猫では、真の猫好きを見つけるのは難しいですからね。まさかあなたほど素晴らしい方が見つかるなんて、本当に期待以上でしたわ」

そうして選ばれたリゼットは、アルベールと心を通わせ、そればかりか部分的にとはいえその呪いを解くことに成功した。

アルベールの婚約者にリゼットを激推ししたエレノーラは鼻高々なのだった。

「と言っても、一番の功労者はやはりこの子ですからね」

トラ猫の背を撫《な》でながら、エレノーラが目尻を下げる。

アルベールの呪いが部分的に解けたことを受けて、トラ猫は室内猫に昇格し、エレノーラによって「レオポルト」という立派な名前を与えられたらしい。

「ずいぶん懐いているようですが、もしかしてエレノーラ様が自らお世話されているのですか？」

レオポルトはエレノーラの膝にゆったりと寝そべり、ふさふさの尻尾《しっぽ》を機嫌よさげに揺らしている。

「お世話自体は主に女官達がしてくれているのだけど、一番可愛《かわい》がっているのはわたくしかもしれないわねぇ……」

そう言ってから、王妃殿下は小さく首をかしげた。

「ねぇ。リゼットさんはこの子を見てどう感じるかしら？　主に見た目についてだけれど」

「そうですね……」

そう言われてリゼットは、改めてトラ猫をまじまじと見る。

手入れされた長い毛並みは文句なしに美しい。

一方で、上下に潰れたような顔。耳は小さな折れ耳。「ナーゴ」というだみ声と顔の作りが相まって、表情はふてぶてしく見える。

が。

「とても可愛らしいと思います！」

リゼットが笑顔で答えると、エレノーラもまた顔を輝かせた。

「そうでしょう！　わたくしもそう思うのだけど、みんなブサイクだと言うのよ」

「ブサイクといえばそうなのですが、そこが可愛いといいますか……」

「そう！　そうなのよ！　リゼットさんならわかってくれると思っていたわ！」

「むしろなぜこの可愛さがわからないのかがわかりません」

「本当よね、こんなに可愛いのに！」

どうやらエレノーラは、リゼットに負けず劣らず、かなりの猫好きらしい。

同志に出会った嬉《うれ》しさで、リゼットの緊張も一気に解けた。

「あ、あの……よろしければ私も触らせていただいても？」

「もちろんよ！　可愛がってやってちょうだいな」

上機嫌なエレノーラからレオポルトを受け取ったリゼットは、その手触りに思わず「ふわぁ……」と吐息を漏らした。

アルの毛並みも艶々のふわふわだが、レオポルトは毛足が長い分、ふわふわの破壊力がすさまじい。

「すごいです！　こんなにふわふわだなんて……！」

リゼットはうっとりとした表情で、トラ猫の頭から背中にかけて撫でていく。顎の下をちょいちょいと撫でてやると、トラ猫はゴロゴロと喉を鳴らした。

「そうそう。そういえば……」

リゼットとトラ猫を微笑ましく見守っていたエレノーラが、おもむろに扇で口元を隠し、声をひそめた。

「実際のところどうなのです？　アルベール殿の抱き心地《ごこち》は」

「えっ!?　抱っ……!?」

リゼットはトラ猫を撫でる手を止めて固まった。

エレノーラの目は興味津々といった様子で輝いている。

ぽわわん、とアルベールとのベッドでのあれやこれやが頭に浮かび、リゼットはポッと頬を染めた。

恥ずかしそうに眉を下げ、もじもじと指先を弄ぶ。

「えっと、その……とても優しくしていただいています……。ぎゅっと抱きしめられるとすごく気持ちよくて安心して、でもドキドキしてしまって……。ほとんど毎日なので少し疲れますけど求められて嬉しい気持ちの方が……」

「ちょっとお待ちなさい」

しどろもどろで言葉を紡ぐリゼットを、エレノーラが真顔で止めた。

「わたくしの聞き方が悪かったのかしら……。あのね、さすがに義弟夫婦の閨《ねや》でのことを尋ねるほどわたくしも無神経ではありませんよ」

「え？　え？」

「わたくしが聞きたかったのは黒猫のことです」

「あ……ああ……！」

ようやく理解したリゼットは、さらに真っ赤になった顔を両手で覆った。

エレノーラは、「まぁ夫婦仲が良いのは喜ばしいことね」と微笑んでいるが、あまりの恥ずかしさにリゼットはエレノーラの顔が見られない。

「あああの、その、素晴らしい撫で心地、です……」

蚊の鳴くような声で答えると、王妃殿下は「やっぱりそうなのね！」と声を弾ませた。

「わたくしがアルベール殿の黒猫姿を見たのはずいぶん前に一度きりなのだけど、素晴らしく艶のある毛並みだったのよね。触れるのはさすがに遠慮したのだけど……」

エレノーラが王家の呪いのことを聞かされ、アルベールの黒猫姿を目にしたのは、十六年前、王家に嫁いで間もない頃のことだったという。

「当時の王妃殿下……アルベール殿のお母様のご様子が、こう言ってはなんだけど普通ではなくてね……」

アルベールには長兄である現国王陛下の他に、兄が一人と姉が一人いる。

四人兄弟の母親である前王妃は、隣国から輿入《こしい》れしてきた元王女。艶やかな黒髪を持つたおやかな美人で、おっとりとした性格で知られていた。

実の子ども達に対してはもちろんのこと、国内の侯爵家から嫁いできたエレノーラにも心を砕いてくれたという。

「お優しい方だったのだけど、ただ一人、アルベール殿にだけは冷たい態度を取られていた。冷たいというよりも、完全にその存在をないものとして扱っておられたの……」

当時わずか九歳の幼子だったアルベール。

母親は幼い末の子を抱きしめることはおろか頭を撫でることもなく、微笑みかけることも、その名前を呼ぶことすらしなかった。アルベールがおずおずと話しかけても、まるで聞こえていない、姿が見えていないかのように、視線を向けることすらしない。

その異様な光景に、いったいどういうことかと夫を問い詰め、王家の呪いのことを知らされたのだという。

「自分の産んだ子が呪いを受けていたという事実に、お義母様《かあさま》は耐えられなかったのでしょうね……」

そんな母親に倣ってか、次兄と姉もアルベールに素っ気ない態度を取っていたそうだ。

長兄である現国王とエレノーラだけはなにかと気にかけるようにしていたが、アルベールはどんどん心を閉ざしていったのだという。

「うつむき、表情をなくしていくアルベール殿が不憫《ふびん》でね……」

エレノーラが痛ましげに柳眉を寄せる。

「……旦那様……」

リゼットの声が震える。気づけば涙が頬を伝っていた。

初めて知る、アルベールの過去だった。

アルベールはあまり家族のことを話さない。現国王夫妻との関係が良好だから、家族仲は悪くないのだろうと、勝手に思い込んでいた。

リゼットもまた、家族から軽んじられて育ってきた。アルベールは、そんなリゼットよりもはるかに辛《つら》い思いをしてきたのだ。それなのに恨み言をこぼすでもなく、いつだってリゼットを気遣ってくれている。

リゼットの瞳からまた温かな涙が溢《あふ》れた。

叶《かな》うことならば、一人でうずくまる幼いアルベールを思いきり抱きしめたかった。丸くなって震える小さな黒猫の背を優しく撫でたかった。

「だからわたくし、呪いのことを知ってもアルベール殿を大切にしてくれるお嫁さんを、どうしても見つけて差し上げたかったのです。これからの生涯を共に歩んでくれる人を……。リゼットさんがアルベール殿と結婚してくれて、ありのままの姿を受け入れてくれて、本当に良かったと思っているのよ」

「私も……」

リゼットは涙を拭い、微笑みを浮かべる。

「私の方こそ、アルベール様と出逢《であ》えて本当に幸せです。エレノーラ様のおかげと、それから……」

トラ猫を抱き上げ、真正面から見つめる。

「レオポルト、あなたのおかげね。私と旦那様を引き合わせてくれてありがとう」

額に口づけると、レオポルトが「ナーオ」と機嫌よさげに尻尾を揺らした。


エレノーラとすっかり話し込んでしまい、リゼットが公爵邸に帰り着いたのは日が落ちてからのことだった。

「ただいま戻りました」

玄関ロビーに入ると、すかさず姿を現した黒猫が、リゼットに向かい音もなく駆けてきた。その尻尾はピンと機嫌よく立っている。

ぴょんと胸元目がけて飛びついてきた黒猫を、リゼットは両手で抱きとめる。その柔らかな温《ぬく》もりに、胸がキュンとときめいた。

「ただいま、アル」

「にゃーお」

アルの額にちゅっと口づける。

黒猫は甘えるようにすりすりと耳の付け根をリゼットに擦《こす》りつけていたが、不意に動きを止め、スンスンと鼻を鳴らした。

「ナーゴ、ナーゴ！」

リゼットを見上げ、不機嫌な声でしきりに何かを訴えかけてくる。リゼットは黒猫を抱いて足早に自室へ向かった。

「遅くなったから怒ってるの？　ごめんなさいね、すぐに人の姿に戻すわ」

自室の扉を閉め、常備してあるバスローブで黒猫をくるんだのと同時に、待ちきれないとばかりに黒猫がリゼットの唇を奪った。

たちまち人間の姿に戻ったアルベールは、リゼットの顔を間近にのぞき込んで不機嫌に眉を寄せた。

「リゼットから他の男の臭いがする」

「えっ」

思いもよらない抗議に、リゼットは目を瞬いた。

外出中に男性と接することがあっただろうか、と思い返してみるものの、馬車の乗り降りの際に手を借りたことくらいしか思い当たらない。

「そんなはずはないのですけど……」

「いいや、絶対にする。……他の雄猫の臭いが」

むすりと言われ、リゼットはもう一度目を瞬いた。

それならば心当たりはある。

「ああ、レオポルトですね！　エレノーラ様の猫さんです。あ、ほら、私が旦那様と結婚するきっかけになったトラ猫さんですよ」

「……まさか君はそのレオポルトとやらに触ったのか」

「はい！　長い毛がふわふわのもふもふで、とっても気持ちよかったです！」

「きもちよ……」

「すっかり人に慣れたみたいで、私の膝の上でも寛いでくれて」

「ひざ……」

頬を上気させるリゼットとは対照的に、アルベールの顔色はどんどん悪くなっていく。

「ふふっ、ちょっと潰れたようなお顔なんですけど、そこがなんとも可愛らしくて……」

「俺よりもか」

「え？」

リゼットが聞き返すと、アルベールはふいと顔を背け、「いや、なんでもない」と呟《つぶや》いた。

「そうだ、旦那様。エレノーラ様から、またお茶をご一緒しましょうとお誘いいただいたのですが、旦那様もご一緒にいかがですか？　レオポルトにも会っていただきたいですし、旦那様がお嫌でなければなのですが――」

「いいだろう、望むところだ」

忙しいアルベールのことだ、断られるかもと思っていたリゼットは、かぶせ気味の返答に三度目を瞬いた。

「俺も一度そのレオポルトとやらに会っておきたい。リゼットは俺の妻なのだと、しっかりとわからせておかねばな……」

「えっと……？」

（きっかけになってくれたトラ猫さんに結婚の報告をする、という意味よね……？）

何かに挑むかのように金の瞳を鋭くするアルベールを前に、小さく首をかしげるリゼットなのだった。

◇

半月後。リゼットとアルベールは、エレノーラ王妃殿下のお茶会に招かれた。

（レオポルトとやらに釘を刺しておかなければ。リゼットと出逢うきっかけとなった恩人……いや恩猫とはいえ、リゼットの最愛の座を譲るわけにはいかないのだ）

そう意気込んで臨んだアルベールだったが、お茶会は散々なものだった。

天気が良いからということで庭園のガゼボで開かれたお茶会。エレノーラ王妃の腕に抱かれて登場したトラ猫は、リゼットの顔を見るなりするりと王妃の腕を抜け出し、ふかふかの体を揺らしながらリゼットに駆け寄った。そして無遠慮にその膝の上に飛び乗った。

リゼットは「まあ」と目を輝かせ、エレノーラも「あら、すっかりリゼットさんのことが気に入ったみたいね」と和やかに頬をゆるめたが、アルベールは顔が引《ひ》き攣《つ》りそうになるのをこらえるのに必死だった。

なにしろリゼットは、「また会えて嬉しいわ！」と目尻を下げてトラ猫を抱きしめ、長い毛に指をうずめるようにしてトラ猫を撫で回し始めたのだ。

当のトラ猫は気持ちよさげにゴロゴロと喉を鳴らし、ふさふさの尻尾を揺らしている。合間にちらりと勝ち誇ったような視線をアルベールに寄越す。その顔はふてぶてしいとしか言いようがないのだが、リゼットはそんな表情すら「可愛い」と言うのだから手に負えない。

一度、顔を引き攣らせながら、「お、おいで」とトラ猫に手を差し出してみたが、トラ猫はアルベールを一瞥《いちべつ》しただけで無視を決め込み、穏便にリゼットからトラ猫を引き離す試みは失敗に終わった。

（レオポルトよ、リゼットの膝は俺のものだぞ……！）

眼光鋭く睨《にら》んでみてもトラ猫はどこ吹く風で、「ニャーン」などと甘えた声を出し、アルベールに見せつけるかのように、リゼットの手に耳の付け根を擦りつけた。リゼットが「なんて可愛いのかしら！」と頬を染め、トラ猫の額にキスをしたときには気が遠くなりそうだった。相手は普通の猫だとわかっていても、それとこれとは話が別なのである。

腹立たしいことこの上ない。だが無理にトラ猫を取り上げてリゼットを悲しませたくはない。

リゼットがどんなに猫を愛しているか、アルベールは身をもって理解している。そのおかげで自分とリゼットが本当の夫婦になれたのだということも。

（……だがそんなリゼットの猫好きが、今ばかりは恨めしい……）

葛藤で密《ひそ》かに身を震わせるアルベールを横目で見て、エレノーラが「あらまぁ」と呆《あき》れたように呟いた。

結局、お茶会の間中、トラ猫はリゼットの膝を独占し、アルベールはエレノーラ王妃の生温《なまぬる》い視線を受けながら、最愛の妻と他の雄猫が戯れる場面を見せつけられるという苦行に耐え続けたのだった。


すっかり打ちひしがれたアルベールは、その日の夜更け、黒猫姿でリゼットの膝の上にいた。

「あのトラ猫と遊んで、もっと猫に触りたくなっただろう」

と、少々強引に黒猫と過ごす時間を提案したところ、リゼットは笑顔でうなずいてくれた。思えば、アルベール自らこのような提案をしたのは初めてのことである。

あんなふうにトラ猫を可愛がっている様を見せつけられ、そのまま引き下がることはできなかった。

リゼットに染みついたトラ猫の臭いを、直ちに上書きしなければ気がすまない。黒猫はたいへんやきもち焼きなのである。

「うふふふふ、やっぱりアルの毛皮は極上ね……」

「にゃ……」

優しくブラッシングされ、黒猫の口からふやけた声が漏れる。

（ああ、あいかわらずリゼットのブラッシングは最高だな。ささくれだった心が癒やされていく……）

すっかりリラックスした黒猫の体はふんにゃりと伸び、尻尾がゆらんゆらんと揺れる。

極上と褒められ、リゼットに移っていたトラ猫の臭いもすっかり薄れて、黒猫は上機嫌である。

それにアルベールは、黒猫の姿でリゼットに触れられることが案外嫌いではない。正直に言うとかなり好きだ。恥ずかしいのでリゼットには秘密にしているけれど。

（ただ、猫の姿でいると猫としての感覚が強くなるのが少々厄介だが……）

黒猫の姿でいる間も、アルベールが人としての意識を失うことはない。

だが同時に、猫としての本能も持ち合わせてしまうらしい。そのことに気づいたのは、リゼットが嫁いできてからのことだった。

「アル、お顔の周り、マッサージするわね」

「にゃん……」

例えばこれ。

リゼットに耳の付け根や顎の下あたりを優しく撫でられると、とてつもなく気持ちがいい。人間の体のときには持ちえない感覚だ。

「尻尾の付け根も、気持ちいいのよね？」

「にゃ……ぅ……ゃ……」

それからこれ。

尻尾の付け根をわしゃわしゃされると全身に抗《あらが》いがたい快感が走り、ぐいっとお尻を高く上げるというあられもない格好になってしまう。これもまた、人間の体であれば決してありえないことだ。

（くっ……は、恥ずかしい……）

そう思いつつも、「やめてくれ」とは言わないアルベールである。

(仕方ないんだ。猫のときは猫の本能が表に出てきてしまうんだから……)

快感に尻尾を震わせながら、アルベールはもう一つの黒歴史を思い返していた。


それはリゼットに黒猫の正体を明かす少し前のこと。

夜、部屋を訪ねて行くと、いつにも増して楽しそうなリゼットに出迎えられた。

「アル、見て！　旦那様がプレゼントしてくださったのよ！」

リゼットの手にある物に目をやり、黒猫は「ニャ……」と気のない返事をした。

それは細長い棒の先に、束ねた鳥の羽根を取り付けた道具。いわゆる猫じゃらしだった。

セバスチャンから「奥様が欲しがっておられます」という情報を得て、アルベールが取り寄せたものである。

その日の昼食の時に手渡したところ、リゼットは頬を染めて喜んでくれた。その笑顔を見られただけでも贈った甲斐《かい》があったというものだが……。

「どう？　アルはこういうの好きかしら？　子猫ではないし、もう遊ばないかしら……？」

「ニャ……」

(正直に言うと全く興味はないな……)

セバスチャンは「成猫でも好きな猫は好きなようですよ」と言っていたが、そういう問題ではないとアルベールは思う。黒猫は本当は、いい歳をした人間の男なのだ。

「ねえ、試しにちょっと遊んでみない？」

そう言ってリゼットは、誘うように黒猫の顔の前で猫じゃらしを振ってみせた。その目は期待でキラキラと輝いている。

（……仕方ない、少しお付き合いするか。リゼットをがっかりさせたくないしな……）

内心でため息をつきながら、前脚で猫じゃらしにチョイと触れた。みょん、と羽根が揺れる。

顔を上げてリゼットの様子をうかがう。「どうかしら？」と言いながら笑顔でさらに猫じゃらしを振ったので、もう一度前脚で、今度はもう少し勢いよく叩《たた》いてみた。みょんみょん、と羽根が揺れる。

（……ふむ。意外と楽しいかも……？）

チョイ。

みょん。

チョイチョイチョイ。

みょんみょん。

チョイチョイチョイチョイ。

みょんみょんみょんみょん。

気づけば夢中になっていた。

右に左に、上に下に。

リゼットの操る猫じゃらしを追って、猫パンチを繰り出し、床を転がり、飛びつく。

ついに両方の前脚で羽根を捕まえてカプッと噛《か》みつき、得意げにリゼットの顔を見上げたところでハッと我に返った。

（お、俺はいったい何をしているんだ……）

リゼットは楽しそうに頬を染めていたが、黒猫はしょんぼりと落ち込んだ。こうしてアルベールはまた一つ、黒歴史を作ったのだった。

猫じゃらしで遊ぶのが楽しくなかったわけではない。

むしろ異様なほどに興奮した。獲物を狩る、猫の本能なのだろう。

猫じゃらしで遊べると知ったリゼットは、黒猫に次々と玩具《おもちゃ》を手作りしてはプレゼントしてくれた。

転がると鈴の音が鳴るボール、魚の形のぬいぐるみ、それからネズミのぬいぐるみ。

どれもこれも、見た瞬間には全く興味を持てないのだが、リゼットの手作りとなればお付き合いしないわけにはいかない。結局、どの玩具も大興奮で楽しく遊んでしまったのだった。

確かに楽しくはあった。だが、人間の理性が猫の本能に負けた気がしてしまう。

幸い、黒猫の正体を明かしてからは、リゼットが猫じゃらしなどの玩具で遊ぼうと誘ってくることはなくなった。

本当はアルベールだとわかった以上、猫扱いしては失礼だと思っているのだろう。

それでも黒猫をもふもふする誘惑には勝てないようだが、それはアルベールも密かに望むところなので問題はないのである。

使われなくなった玩具は、夫婦の寝室の飾り棚に、オブジェのように飾られている。

「そういえば、次にエレノーラ様のお茶会に行くときなのだけど……」

黒猫の背をゆったりと撫でながらリゼットが口を開いた。

「あの猫じゃらしを持って行ってても構わないかしら？」

（……猫じゃらしだと？）

じっとリゼットを見つめ、首をかしげてみせる。嫌な予感がした。

「レオポルトがね、猫じゃらしで遊ぶのが好きらしいの」

（やっぱりアイツと遊ぶためか……！）

黒猫の尻尾が不機嫌に揺れる。

黒猫にはない、長いふわふわの毛でもって愛《いと》しいリゼットを誘惑するトラ猫、そんなトラ猫を無防備に可愛がるリゼットの姿が脳裏によみがえり、居ても立ってもいられない気持ちになる。黒猫はたいへんやきもち焼きなのである。

「だってアルとはもう、あの猫じゃらしで遊ぶことはないのだし……」

（それは、そうかもしれないが……）

百歩……いや、一万歩譲って、リゼットがレオポルトと遊ぶのは構わない。非常に面白くないが、一応、恩猫ではあるし、なによりも猫好きのリゼットのために我慢しなければならないと、理性を総動員して自分に言い聞かせている。

だがあの猫じゃらしは、リゼットが黒猫と遊ぶために、アルベールがプレゼントしたものなのだ。それを他の猫との遊びに使われるのは、どうしても受け入れることができなかった。

（あれは、俺の、猫じゃらしだ！）

黒猫はすっくと立ち上がると、タタッと駆け出した。飾り棚に飛び乗り、オブジェと化していた猫じゃらしを口に咥《くわ》える。

そのまま走って戻り、リゼットの前にぽとんと猫じゃらしを置いた。

リゼットが若草色の目を瞬いた。

◇

「えっと……アル？」

猫じゃらしを差し出され、じっと見つめられて、リゼットは戸惑った。黒猫が前脚でさらに猫じゃらしを近づけてくる。

まるで遊びに誘うような仕草だけれど……。

「気持ちは嬉しいけれど……でも、アルは本当は猫じゃらしになんて興味はないのでしょう？　そこまで付き合わせるのは悪いわ……」

リゼットは眉を下げる。

黒猫アルの中身はアルベール。人間だ。猫じゃらしになど興味を持っているはずがない。

黒猫の正体を知らなかったときには、何度も猫じゃらしで遊んだことがあるけれど、リゼットに付き合って演技をしてくれていたのだろうとリゼットは思っている。

黒猫がアルベールだと知った以上、猫じゃらしに付き合わせるわけにはいかない。

それなのに、黒猫はさらに猫じゃらしを押しやり、真ん丸の目でじっとリゼットを見上げてくる。

「……本当にいいの？」

「ニャン！」

「ありがとう、アル！」

リゼットは声を弾ませた。ずっと遠慮していたけれど、本当は猫じゃらしで遊びたい気持ちを我慢していたのだ。

そうして始まった猫じゃらしでの遊び。

今日も黒猫は迫真の演技を披露してくれた。

前脚でチョイチョイと触ったかと思えば、やがて夢中な様子で猫じゃらしを追いかけ始めた。

真ん丸に見開いた目で猫じゃらしを凝視し、ごろごろと床を転がりながら何度も猫パンチを繰り出す。

そのあまりに可愛い仕草に、リゼットの胸はキュンキュンとときめきっぱなしだ。

なにより、リゼットのために黒猫がそこまで体を張ってくれたことが嬉しくて。

「ああ、もう！　大好きよ、アル！」

思わず黒猫を抱き上げ、その口にチョンとキスをした。

たちまち解呪の効果が現れ、黒猫はアルベールの姿に戻った。

けれどリゼットを見つめる美しい金の瞳は、いまだに獲物を狙うかのように熱を帯びたままで――。

「リゼット、あの猫じゃらしは俺と使おう？」

「え……」

「それから、ボールも魚もネズミも」

「……は、はい、お茶会には持って行かないことにします……」

金色の瞳に射貫《いぬ》かれ、魅入られたようにリゼットはうなずく。

「……リゼット、君がレオポルトと遊ぶのは構わない。本音を言えば君の腕も膝も俺が独占したい、が、我慢する。……だが、あの、腹を吸うのだけは、他の猫にはしないでほしい。あれはなんというか……とても破廉恥だ」

「はれんち」

意味がわからずリゼットは目を瞬くが、アルベールの表情は大真面目《おおまじめ》だ。

「えっと……はい。あの、もしかしてアルにもしない方がいいのでしょうか……」

「いや、いい。俺にだけは、してもいい。君が望むなら……」

死ぬほど恥ずかしいが耐える、と口の中で呟いた声はリゼットの耳には届かず、リゼットは「嬉しいです！」と顔をほころばせた。

「それと、もう一つ……」

ちゅっとリゼットの唇に軽い口づけを落とし、アルベールが至近距離でリゼットと視線を絡ませる。

「キスも駄目。リゼットの唇は俺だけのものだから」

金色の瞳が肉食獣のようにきらめく。美しいその瞳を見つめたまま、リゼットは頬を染めてうなずいた。

アルベールが嬉しそうに目を細め、リゼットを抱き上げた。リゼットに視線を落とすアルベールは、再び獣の目に戻っている。

「リゼット、狩りの続きをしてもいい？」

「狩り、ですか……？」

「そう。獲物はリゼット」

アルベールの足はまっすぐに夫婦のベッドに向かっている。

ようやく意味を理解し、リゼットは顔を真っ赤に染め上げた。

「あの、でも、もう捕まっていると思うのですけど……」

「うん。大丈夫。優しく食べるから」

「は、い……んっ」

承諾の返事は、噛みつくようなキスに飲み込まれた。

唇に、首筋に、胸元に。仕留めた証《あかし》を残すかのように、熱い口づけが何度も落とされる。

（もしかして、猫じゃらしってちょっぴり危険なのかしら……？）

次第にくらくらと溶けていく思考の片隅で、リゼットはそんなことを思ったのだった。

書き下ろし番外編　幸せを呼ぶ猫

グランデ王国の王都ヌベルベラは、ヌーベル川を挟んで南北に広がる豊かな平野部に位置する。今から五百年ほど前、現在のシャトラン公爵領にあった王城をこの地に移したことを起源とする歴史ある都市である。

いくつもの尖塔《せんとう》が美しい王城が鎮座するのは、川の北側の小高い丘の上。そのふもとには貴族達の邸宅が建ち並ぶ。中央教会や議事堂、裁判所に図書館といった公の施設も主に川の北側にある。

一方の南側には、市庁舎に面した中央広場を中心に、様々な商店、職人の工房、市民の住宅が軒を連ねている。劇場や美術館などの文化施設や、公園など市民の憩いの場も南側に集まり、今なお発展を続けている。

とある秋の日のお昼時、中央広場近くのレストランに、リゼットとアルベールの姿があった。大きな窓に向かって横並びに座る二人の前には、本日のメイン料理である旬の白身魚を使ったポワレが供されている。レモンバターソースの香りが爽やかな一品だ。

「本当に素敵なレストランですね。お料理もとっても美味《お》しいし、それに、ダリアがあんなにたくさん」

ナイフを持つ手を止めて、リゼットが窓の外にうっとりと目を向ける。

上流階級御用達《ごようたし》のこの店は、全席個室の高級レストラン。各個室は、小さいながらも美しく整えられた中庭に面しており、風流な庭を眺めながらゆったり食事をとれると評判だ。季節によって様々な花が客の目を楽しませるその庭では今、色とりどりのダリアが鮮やかに咲き誇っている。

「気に入ってもらえて良かった。この店の情報を仕入れてきてくれたセバスチャンにも礼を言わなけ

れば な」

同じく手を止めて、アルベールが柔らかな笑みをリゼットに向ける。

お互いの気持ちを確かめ合い、名実共に夫婦になってからというもの、二人は時折こうして屋敷の外でも過ごすようになった。観劇に出掛けることもあれば、この日のようにレストランで食事をとることもある。

これまで夜間は当然として昼間も屋敷に引きこもっていたアルベールはもちろん、あまり積極的に出歩くことのなかったリゼットにとっても、街へのお出掛けは新鮮な体験だ。アルベールが一緒だと思うと余計に心が弾む。アルベールの穏やかな表情を見る限り、彼もリゼットと同じ気持ちでいてくれているようで、自然と笑みがこぼれた。

「ふふ、旦那様とご一緒できて嬉《うれ》しいです。……でも、お仕事の方は本当に良かったのですか？」

明後日から一週間、王城でメーツァ王国との交渉会議が予定されている。その会議に、アルベールも通訳を兼ねて参加することになっているのだ。

議題はもちろん、両国の国境にまたがって発見された鉱脈の取り扱いについて。三ヶ月前に行われた初交渉に参加した流れで、アルベールはその後もこの案件に携わっているのである。会議の事前準備に追われ、この数日、アルベールは屋敷でゆっくり昼食をとる暇もないほど忙しくしていたのだった。

「必要な準備は概《おおむ》ね終わっているので問題ない。それより、明後日からの会議中は君にも迷惑をかける」

一週間の会議の合間には、メーツァ王国の面々を歓迎するための晩餐会《ばんさんかい》や舞踏会も催される。前回に引き続き、メーツァ王国側の交渉団の長として第三王子が来訪するからである。

アルベールは通訳として、また王族の一員として、晩餐会や舞踏会への出席も求められており、会議の期間中は王城に泊まり込む予定になっている。リゼットも解呪係として同行することになっていた。

「迷惑だなんて、ちっとも。旦那様のお役に立てて嬉しく思っているくらいです。それに、一週間も旦那様とお会いできないなんて寂しすぎますもの……」

わずかに頬を染めて言うと、アルベールが嬉しそうに目を細めた。

「ああ、俺もだ。だが、昼間俺は会議にかかりきりになるだろうから、君を一人にしてしまう……」

「それでしたらご心配には及びませんわ。マーサもついて来てくれますし、エレノーラ様から、毎日お茶をご一緒しましょうねとお誘いいただいているのです」

「……義姉上《あねうえ》とのお茶会ということは、もしやあのトラ猫も……」

「はい！　もちろんレオポルトとも遊ばせていただく予定です！」

ウキウキと声を弾ませるリゼットは、アルベールが一瞬にしてスンと真顔になったことには気づかない。

「……リゼットが楽しいのは、いいことだ、うん……」

己に言い聞かせるようにぶつぶつと呟《つぶや》くアルベールが、「王城滞在中は毎晩解呪してもらう前に黒猫姿でトラ猫の匂いを上書きせねば」と固く決意していることなど、想像もしていないリゼットなのだった。

「でも本当に、今日お出掛けできて良かったです。こちらのダリアもそうですが、植物園の菊の花も本当に見事でしたもの」

「ああ、ちょうど今が見頃といった感じだったな。会議が終わった後では少し時期を外していたかもしれない。それにしても、菊の花にあれほど多くの種類があるとは知らなかった」

アルベールが感心したように言う。二人はこのレストランを訪れる前に植物園を散策してきたのだ。

「そうですね。どちらもお屋敷の庭園にはないお花なので、たくさん見ることができて興味深かったです」

リゼットが口元をほころばせる。シャトラン公爵家に嫁いできて半年余り、退屈しのぎを兼ねて毎日屋敷の中に花を飾って回り、庭師のトマの手伝いをするうち、少しずつ花への興味が湧いてきたのだ。

それで、数日前にアルベールから「二人でどこかへ出掛けないか」と誘われたとき、「でしたら植物園に行ってみたいのですが……」とお願いした。

毎年この時期に植物園で菊の品評会が開かれ、国中からたくさんの菊の花が集まるのだと、トマから聞いて気になっていたのだ。「君が花に興味があるならば」と、このレストランを予約してくれたのはアルベールである。

「ダリアも菊も屋敷にはないのか……。そう言われてみれば見たことはないような……？」

アルベールは思い出そうとするように眉を寄せ、斜め上に視線をやっている。アルベール自身はあまり花への関心はないらしい。

「猫さんに害のある花は植えていないのだと、トマさんから聞きましたよ」

そう言うと、アルベールが金の瞳を瞬いた。

「そうだったのか。全く知らなかった……」

「菊とダリアは、猫さんが誤って口にするとお腹《なか》を壊してしまうのだそうです。触れただけでも肌がかぶれてしまうのだとか。……あ、もちろんアルはお花を食べたりはしないでしょうから、念のため、だとは思うのですけど」

「いや。確かに食べることはないと思うが、知らずに花に触れてしまうことはあるかもしれない。そうか。トマがそこまで気遣ってくれていたとは、ありがたいな……」

アルベールがしみじみと呟く。

「トマさんは、旦那様が公爵位を賜って今のお屋敷に移られたときから働いてくれているのですよね?」

「ああ。コックのレミもそうだ。二人とも元は王城で働いていたのを、俺について公爵家に移ってくれたんだ。マーサが二人に声をかけてくれて」

猫が好きで口の堅い忠義者。アルベールのためにマーサが厳選した二人は、いずれも寡黙ながら実直な働き者で、シャトラン公爵家になくてはならない存在である。

「マーサとセバスチャンは、旦那様が子どものときからのお付き合いだと聞きました」

「二人は元々、夫婦揃って王城で働いていてな。マーサは俺が生まれた当時、王妃付きの侍女をしていたんだそうだ。マーサが俺の乳母を務めた縁で、夫であるセバスチャンも後に侍従として仕えてくれるようになって……。四人とも、本当によくやってくれていると思う」

「はい。みんな旦那様のことをお慕いしていると、見ていてわかりますわ」

「慕われているのとは、少し違う気がするが……。セバスチャンとマーサは特に」

アルベールが苦笑いを浮かべる。確かに、四人ともアルベールよりずいぶん年上なせいか、一般的な主従関係とは少し異なっているようにリゼットも感じている。中でも、アルベールをその幼少時から世話してきたマーサとセバスチャンは、主《あるじ》に対する敬意と同じかそれ以上に、慈愛の情を持ってアルベールに接しているように見えた。

「ふふ、大好きなことに変わりはありませんわ」

「いずれにしても、ありがたいことだな。こんな呪われた男に仕えてくれているだけでも、ありがたいというのに……」

「そんなこと……」

自嘲ぎみに言うアルベールの横顔を見つめ、リゼットは眉を下げる。

夜になると黒猫になってしまうアルベールの体質。それをアルベールが「呪い」と呼び、引け目に感じている様子なのが、近頃リゼットにはもどかしく思えてならない。

(だって、その体質のおかげで私は旦那様と出逢《であ》えたんだもの。それに、旦那様が猫に変身できるだなんて、私にとっては呪いというよりむしろ祝福だわ……！)

そうリゼットは思っているのだが、それを言葉にしたことはない。

王家の男子に時折現れるという奇妙な体質。そのせいでアルベールは実の母親から存在そのものを否定され、次兄と姉からも軽んじられてきたのだと聞く。本来であれば当然得られたはずのものを諦め、人目を避けるように生きてきたアルベールの気持ちを想像すると、軽はずみなことを口にするようで躊躇《ためら》われた。

（だけど、旦那様はとっても素敵な方だわ。不思議な体質があったって……ううん、この体質があるからこそ、私にとってはこの上なく……。なんて言ったら、旦那様はきっと気を悪くなさるわよね……）

シャトラン公爵家の図書室には、アルベールが解呪の方法を探すために集めた文献が数え切れないほど収められている。猫の呪いを解くことはアルベールの長年の悲願なのだ。それを知りながら「今のままでいい」などと言うのは、リゼットの勝手な気持ちを押し付けるようで憚《はばか》られた。

結局何も言葉にできないまま、リゼットは白身魚のポアレを飲み込んだのだった。

昼食を終えた二人は、連れ立ってレストランを出た。秋晴れの空のもと、涼やかな風が心地《ここち》よく頬を撫《な》でる。

トマの待つ馬車に戻る道すがら、リゼットは中央広場の方向に目を向けた。普段から人通りの多い広場だが、市でも立っているのか、いつも以上に賑わっているように見える。

「……骨董市《こっとういち》が開かれているようだな。少し寄っていこうか」

リゼットの視線に気づいたアルベールがそう提案してくれて、二人は広場の方へ足を向けた。

「わぁ……！」

中央広場の入り口までやってきたリゼットは、目の前の光景に圧倒されて足を止めた。

広場を埋め尽くすように並んだ様々な店。そんな店と店との間のわずかな隙間を縫うように多くの人々が行き交い、思い思いに商品を見定めている。買い物客を見込んで食べ物の屋台も出ているらしく、肉を焼く香ばしい匂いや甘い焼き菓子の匂いが漂ってくる。

「すごい人ですね……」

「大きな市が立つときには、王都だけでなく周辺の町や村からも人が集まるらしい。……はぐれてはいけない、手をつないで歩こう」

「はい」

差し出されたアルベールの手を取ると、まるで宝物を包み込むように優しく握られた。肘に手を添えてエスコートを受けるのと違い、アルベールの肌の温かさが直に伝わってきて、ドキリと心臓が跳ねる。手をつなぐなんて寝室では珍しくもないことで、すっかり慣れっこのはずなのに、場所と状況が違うせいか新鮮な気持ちで胸がときめいた。

手をつなぎ、人の流れに乗ってゆっくりと進む。どの店も物珍しくていちいち足を止めるリゼットに、アルベールも快く付き合ってくれた。

骨董と言っても幅広く、絵や置物のような古美術品から、鍋や食器のような古道具、アクセサリーや古本、古着まで、様々な商品を扱う店が無秩序に並んでいる。まるでおもちゃ箱をひっくり返したようで、リゼットは見ているだけでワクワクした。

「リゼットは、市に来るのは初めて？」

目を輝かせてあちらこちらを見るリゼットに顔を寄せ、アルベールが尋ねる。

「はい。話には聞いたことがあったのですが……」

リゼットの母親は厳しい人で、貴族の娘がふらふらと街歩きすることに対していい顔をしなかった。

多くの人でごったがえす市などもってのほか。妹のミシェルは意に介さず、度々友人と街歩きをしていたようだが、リゼットは生真面目《きまじめ》に母の言いつけを守っていた。

婚約者とデートの機会でもあればまた違ったのだろうが、残念ながらルシアン・ジェロームと婚約していた間、デートに誘われたことは一度もなかった。街歩きに興味がないのかと思っていたが、ミシェルとは密《ひそ》かに出掛けていたらしい。そのことを知ったのは、ルシアンとの婚約を解消したときだった。

「……実は俺も市に来るのは初めてなんだ。初めてがリゼットと一緒で嬉しい」

柔らかな微笑《ほほえ》みと共にそんな甘いことを言われ、不意打ちを受けたリゼットは赤面して口ごもった。

「市だけじゃない。君は俺にたくさんの初めてを与えてくれる。こうして手をつないで歩くことも」

「わ、私もです……！」

勢い込んでそう告げると、アルベールが意外そうな目をリゼットに向けた。

「あ……元婚約者からは、デートに誘われたことがなかったので……」

「そうだったのか……。リゼットをないがしろにしたことは腹立たしいが、ある意味、感謝すべきなのかもしれないな」

　コクコクとリゼットはうなずく。かつては、ルシアンからデートに誘われないことを悲しく思っていた時期もあった。まさかそれを良かったと思う日が来るなんて想像もしていなかった。

「だから私、旦那様が初めてなんです。デートも、手をつなぐことも、き、キスも、えっと、それ以上も全部……」

　言いながら自分が恥ずかしいことを口にしているのに気づき、リゼットは顔を真っ赤に染めた。最後は消え入りそうな声になっていたが、アルベールの耳にはちゃんと届いていたらしい。空いた手で口元を覆うアルベールの耳は、リゼットにつられたように赤く染まっていた。

「はぁ……俺のリゼットが今日も可愛《かわい》すぎる……」

「え？」

　口を手で覆ったまま、アルベールが何事かをもごもごと呟く。聞き直したが、アルベールは目元を赤くしながら「なんでもない」と視線を逸《そ》らした。それからリゼットの手を握る力を一瞬ゆるめたかと思うと、指を絡めるようにしてぎゅっと握り直した。「ひゃっ」と言葉にならない声を漏らし、リゼットはぴょこんと肩を震わせる。

（こんなのまるで、こ、恋人みたい……！）

　リゼットは心の中で身悶《みもだ》えする。恋人どころかすでに完全な夫婦なのだが、ふわふわと舞い上がるリゼットの鼓動はますます激しくなるのだった。

　そうして恋人のように手をつなぎ、いくつかの店を順々に見て回った二人は、店が途切れた広場の端で一息ついた。大きな木が植えられており、その木陰にベンチが設置されている。

「リゼット、疲れたのでは？」

「いえ、まだ大丈夫ですわ」

本音を言うと疲れを感じないわけではないが、それよりも楽しい気持ちが上回っている。まだまだ見ていない店がたくさんあるし、屋台でお菓子も買ってみたい。それに、こうしてアルベールと手をつないで歩く時間が終わってしまうのが残念に思えた。

(だけど旦那様はお疲れかもしれないわ。近頃お忙しくされていたし……)

そう心配したが、アルベールはあっさりと、

「それなら、せっかくだからもう少し見て回ろう」

と言い、リゼットとつないだ手にきゅっと力を込めた。アルベールも名残惜《なごり》しく思ってくれているのだとわかり、リゼットは嬉しくなる。

「よろしいのですか？」

パッと顔を輝かせると、アルベールはもちろんとうなずいた。

「ただ、トマが心配しているかもしれないな。帰りは夕方になると伝えてこよう。君は……」

一緒に連れて行くべきか、それともどこか安全な場所で待たせるか、思案げに小さく眉を寄せるアルベールに、リゼットはにこりと微笑んでみせた。いや、自分では微笑んだつもりだが、おそらく微笑みというよりにやけた顔になっているに違いない。

「私のことでしたら心配なさらないで。あちらのベンチでお待ちしていますわ。それなりに人目もあ

りますし、めったなことは起きないかと……」

「それに、猫もいるし？」

アルベールがふっと口角を上げる。

「まあ、旦那様にはすっかりお見通しですね」

目論見を言い当てられ、リゼットはほのかに熱くなった頬に片手を当てた。

リゼットが示した木の下のベンチ。そこは野良猫達の溜まり場になっているらしく、色も模様も様々な猫達が五匹ほど、思い思いの格好で寛《くつろ》いでいる。先ほどからリゼットは、あの猫達に近寄ってみたくてそわそわしていたのだ。

すぐに戻ると言い残してアルベールが足早に去ると、リゼットは猫達を驚かさないよう、そろそろとベンチに近づいた。猫達は接近するリゼットにじっと視線を注いでいたが、無害と判断したのか肝が据わっているのか、その場から逃げ出すことはなかった。

「お邪魔しますね、猫さん達……」

小声で断りを入れて、リゼットはベンチの空いたスペースに腰掛けた。

ベンチの上で箱座りをしていた白黒のハチワレ猫が、顔だけを動かしてリゼットを見上げた。ピンク色の鼻をヒクヒクさせているが、あまり警戒しているようには見えない。

「少しだけ触ってもいいかしら？」

声をかけてからハチワレ猫の背を撫でると、猫は心地よさげに目を細めて喉をゴロゴロと鳴らした。

「ふふ、可愛い」

ずいぶんと人に慣れているらしい。野良猫のわりに体格がいいところからすると、広場周辺の商店や観光客から日常的に食べ物を貰《もら》っているのかもしれない。

やがてハチワレ猫はのそりと立ち上がると、尻尾《しっぽ》を揺らしながら数歩移動し、リゼットの膝の上で丸くなった。

「まあ！」

思ってもみなかったハチワレ猫の行動に、リゼットは頬を染めて両手で口を覆った。さらに、ハチワレ猫につられたのか、周囲にいた他の猫達もわらわらとリゼットの周りに集まってきた。

ある猫はリゼットのすぐ隣にぴたりとくっついて寝そべり、ある猫はリゼットの足に甘えるように頭を擦《こす》りつける。ふわふわと温かな猫達に囲まれるという夢のような状況に、リゼットはぎゅっと胸を押さえて悶絶《もんぜつ》した。

（はわ……幸せすぎる……）

でれでれと顔がにやけるのを、もはや抑えることができない。リゼットは群がる猫達を夢中で撫で回した。

ふと、膝の上のハチワレ猫が頭をもたげ、ピタリと動きを止めた。かと思いきや、次の瞬間、パッとリゼットの膝から飛び降り、逃げるように走り去った。

「え？　え？」

リゼットが戸惑っているうちに、他の猫達も蜘蛛《くも》の子を散らすように姿を消す。ほんの一瞬の間に、猫達は一匹もいなくなってしまった。

「急にどうしたのかしら……？」

しょんぼりと肩を落とすリゼットの目に、近寄ってくる人の姿が映った。

異国風の衣装をまとった、すらりと背が高い人物だ。長い銀の髪を一つに編み込み、片側に垂らしている。うつむいて口元を片手で押さえているため顔立ちはよくわからないが、体つきからして男性なのは間違いなさそうだ。

具合が悪いのか、男の足取りはふらふらと覚束《おぼつか》ない。座る場所を求めているのだと気づき、リゼットはベンチを譲るために腰を浮かせた。

足を引きずるようにしてベンチまでたどり着いた男は、腰掛けようとしたところで体を大きくよろめかせた。縋《すが》るものを探すように伸ばされた手を、リゼットは咄嗟《とっさ》に握る。リゼットの手を支えにして、男はようやくベンチに腰を下ろした。

「あの、大丈夫ですか……？」

背を丸めて苦しげな呼吸を繰り返す男に、リゼットはおずおずと声をかける。

「……匂いに、酔って、しまって……」

途切れ途切れの声で男が答える。

どうやら人混みで気分が悪くなってしまったらしい。リゼットはそれほど気にしていなかったが、確かに広場の中は、古道具特有の匂いに加え、人々の体臭や香水、屋台で売っている食べ物など、様々な匂いが混ざり合っている。

「少し待っていてくださいますか。何か飲み物を買ってきますから」

確か、近くの屋台で果実水を売っていたはずだ。冷たいレモン水でも飲めばいくらか楽になるに違いない。そんなことを考えながら歩き出そうとしたリゼットだったが、男はリゼットの手を握ったまま離さなかった。

「あ、あの、手を……」

「いらない……。それよりもこのまま手を握っていてほしい……。こうしていると楽なんだ……」

「ええ……？」

困惑しつつも、リゼットはそのまま男の隣に、可能な限り距離を置いて腰を下ろした。

夫のある身で他の男性の手を握るなど、到底褒められた行いでないことはわかっている。だが男の手はひんやりと冷たく、小刻みに震えている。垂れた長い髪の合間から見える横顔は青白い。具合が悪そうにしているのが偽《いつわ》りとは、どうしても思えなかった。

（旦那様、早く戻ってきてくださるといいのだけど……）

リゼット一人ではろくな介抱もできないし、手を握られたままでは助けを呼びに行くこともできない。

そうこうしているうちに、徐々に男の呼吸は落ち着きを取り戻したようだった。手の震えも止まり、ほんのりと温かさが感じられるようになった。

「ありがとう、ずいぶん楽になった……」

さらに何度か深呼吸を繰り返してから、男が顔を上げてリゼットを振り返った。

その瞬間、男のあまりの美しさに、リゼットは小さく息をのんだ。

艶やかな白銀の髪に、アイスブルーの瞳。形の良い瞳を縁取る長い睫毛《まつげ》もやはり白銀色。整った顔は透き通るように色白で、どこか気品を感じさせる。歳の頃は二十代半ばといったところだろうか。全体的に色素が薄く美しいその姿はまるで物語に出てくる妖精のようで、リゼットはついぽかんと見《み》惚《ほ》れてしまった。

そんなリゼットを見つめ、男がアイスブルーの瞳を柔らかに細めた。

「あなたのおかげで助かりました。私はイェレミアスといいます。麗しき女神よ、私にあなたの御名を口にする栄誉をお与えくださいませんか？」

形の良い唇から紡がれる言葉は、流暢《りゅうちょう》だがアクセントにほんの少し癖があった。

(外国の方なのかしら……？)

優美な顔立ちにも、裾の長い白の上衣《うわぎ》に色鮮やかなストールを巻いた服装にも、異国の雰囲気が漂っている。

「レディ？」

男が首をかしげた拍子に、白銀の髪と大ぶりの耳飾りがしゃらりと揺れる。透き通るようなアイスブルーの瞳に顔をのぞき込まれてようやく、リゼットは名前を尋ねられていることに気がついた。

「あ、その、リゼットといいます」

ドギマギしながらリゼットは名乗る。相手は素性の知れない男とあって、シャトランの家名は伏せておいた。

今日のリゼットはいかにも貴族らしいドレスではなく、街歩き用のワンピースに身を包んでいる。

メゾン・ド・パピヨンで仕立てたワンピースは、鮮やかな緑色に大ぶりのチェック柄のもの。髪型もゆるいハーフアップにし、裕福な商家のお嬢さんといった雰囲気でまとめている。知らない人が見れば公爵夫人とは思わないはずだ。

「リゼット……」

口の中でじっくりと味わうようにリゼットの名を呟き、イェレミアスと名乗った男はうっとりと頬を染めた。途端に男から、匂い立つような色気が溢《あふ》れ出る。

「ああ……麗しの女神はリゼットとおっしゃるのか。なんと愛らしい名前なのだろう」

「あ、ありがとうございます。でもその、女神というのはやめていただきたいのですが……。何もしていませんし……」

そろりとわずかに身を引きながらリゼットは眉を下げる。隣に座って手を握っていただけで、リゼットは何もしていないのだ。それで女神と呼ばれても、大げさすぎて反応に困ってしまう。

「私の女神は実に謙虚でいらっしゃる……。何もしていないなどと、とんでもない。私は生まれつき鼻がきく体質なのですが、ききすぎて人混みで気分が悪くなってしまうことがあるのです。先ほどのように。けれど、あなたに触れているだけで呼吸が楽になった。あなたのまとう清らかな気配が、浄化してくれたのでしょう」

「は、はあ……」

キラキラと眩《まぶ》しいような笑みで見つめられ、さらに身を引くリゼットだったが、リゼットが引けば引くほど男はぐいぐいと身を乗り出してくる。

「あなたこそ私が探し求めていた人だ。どうか私と――てください」

「え？　今なんて――」

聞き返そうとしたリゼットだったが、握られたままの手の甲に柔らかな口づけを落とされ、それから上目遣いに見つめられてピシリと固まった。

「ああ、すみません。気持ちが迸《ほとばし》るあまり、つい私の国の言葉が交ざってしまいました。……おや？　リゼットのこの匂い……」

イェレミアスがリゼットの手にスンスンと鼻を寄せる。

その時だった。

「妻から離れろ」

凍りつきそうなほどに冷たい声が降ってきたかと思うと、リゼットは後ろから抱き込まれていた。

次いで、リゼットの手を握っていたイェレミアスの手がはたき落とされる。

ぐいっとリゼットの腰を抱き寄せたのはアルベールだった。リゼットを背後に隠すようにして、イェレミアスとの間に割って入る。広い背中に頬を寄せ、リゼットはホッと安堵《あんど》の息をついた。

イェレミアスは、「乱暴だなぁ」と軽い口調で言って顔を上げる。アルベールを見るなり、口元に楽しそうな笑みを浮かべた。

「やはり君だったか、アルベール殿」

「あなたは……！」

アルベールが驚いた様子で金の目を瞠《みは》った。驚いたのはリゼットも同じだ。

「あの、二人はお知り合いだったのですか？」

アルベールの後ろから顔だけ出して、リゼットはアルベールとイェレミアスを見比べる。

「知り合いと言えば知り合いだが……」

アルベールが眉を寄せてため息をついた。

「……なぜあなたがこんなところにいらっしゃるのですか。イェレミアス殿下」

「で、殿下……!?」

リゼットは声を裏返し、慌てて口を手で覆った。目を丸くするリゼットに、男がにこにこと手を振ってみせる。

「この方はメーツァ王国の第三王子、イェレミアス殿下でいらっしゃる」

「もしかして、明後日からの会議に出席されるご予定の……？」

そうだ、とうなずいてから、アルベールは険しい顔でイェレミアスに向き直った。

「……殿下、我が国には明日お越しになるはずでは？」

「うん、公式にはそういうことになっているんだけどね、観光したくて一日早く来ちゃった」

「……観光でしたら、会議終了後にご案内する予定になっておりますが」

「そうだけど、公式の観光なんてどうせ畏《かしこ》まった所にしか行かないだろう？　私はね、美しく整えられた観光地よりも、こういった日々の営みを垣間見られる場所で、飾らない人々との偶然の出逢いを通してこそ、その国の本当の姿を知ることができると思うんだ」

「なるほど、そのような深いお考えで……」

リゼットは素直に感心したのだが、アルベールの険しい表情は微塵《みじん》も動かなかった。

「……偶然の出逢い、ですか。殿下のお噂《うわさ》は我が国にも届いておりますよ。二十六歳でありながら婚約者もお決めにならず、次から次へ年齢も立場も様々な女性と親交を深めておられると」

アルベールの言葉は多分に棘《とげ》を含んだものだったが、イェレミアスは全く気にした様子もなく「いやぁ、照れるなぁ」と陽気な笑みを浮かべた。

「私は運命の女性を探していてね。ずっと見つからなくて諦めかけていたんだけど……こうしてリゼットと出逢えた」

うっとりとした表情でリゼットに伸ばしかけたイェレミアスの手を、すかさずアルベールが叩《たた》いた。

「妻に触れないでいただけますか。気安く名前を呼ぶのも遠慮願いたい」

地を這《は》うような声を発し、アルベールが凍《い》てついた視線でイェレミアスを刺す。リゼットをしっかり背中に隠して。

「ははは、まるで毛を逆立てた猫だなぁ」

他国の王族相手に大丈夫なのだろうかとリゼットは心配したのだが、イェレミアスは怒るどころか楽しそうに笑っている。

「そんなにやきもちを焼くなんて。心配しなくても、アルベール殿のこともちゃんとアルベールと呼んであげるからね。私のこともイェレミアスでいいよ」

パチリと片目を瞑《つぶ》ってみせるイェレミアス。アルベールのこめかみにピキリと青筋が浮かんだ。

「そんな話はしていません、殿下――」

「まぁまぁ。こんな人の多い場所で『殿下』はないだろう？」

小声で囁《ささや》かれ、アルベールがハッと周囲を見回す。道行く人々の注目を集めていることに気づき、むっと眉を寄せて口を噤《つぐ》んだ。

「……これ以上ここに三人で留まるのはやめた方がよさそうですね。ではそういうわけでイェレミアス、俺とリゼットは二人で散策を続けますので、あなたもどうぞ観光を楽しんでください。それでは」

早口で言うなり、アルベールはいまだ戸惑い中のリゼットの腰を抱いてくるりと踵《きびす》を返した。そのままイェレミアスに背を向けてずんずんと歩き出したのだが、イェレミアスは軽やかな足取りで追いかけてきた。ちゃっかり、アルベールとは反対側のリゼットの隣に陣取る。

「待ってよ、アルベール。冷たいなぁ。他国の賓客をこんなところに一人で置き去りにしちゃう？」

「もともと一人でふらふらしていたくせによく言いますね。どうせ近くに護衛が潜んでいるのでしょう？」

「護衛は護衛。連れじゃないもの。ここで会ったのも何かの縁、三人で市を散策しようじゃないか」

「お断りします。俺とリゼットのデートを邪魔しないでいただきたい」

「私もリゼットとデートしたい！　リゼットがそばにいてくれると、人混みにいても気分が悪くならないんだ。だから、ね？　人助けだと思って」

「今ここであなたを助ける義理などありませんね」

「リゼットと手をつなぐのは我慢するからさぁ」

「当たり前です！」

二人の間に挟まれてハラハラとやり取りを見守っていたリゼットだったが、次第に、

（もしかして旦那様とイェレミアス様って、意外と気が合うのではないかしら……？）

という気がしてきた。なにしろ、アルベールがこんなふうに同年代の人間と遠慮なくやり合う姿を見るのは初めてなのだ。

「まったく、ツンツンしてるなぁ。アルベール、君、猫みたいだって言われない？」

「……は？」

アルベールの声が一段と低くなった。金の瞳が剣呑《けんのん》に細められる。

「そう言うあなたは相手の迷惑も顧みずにじゃれつく大型犬ですか」

「ははっ、いいね、大型犬！」

イェレミアスが一層楽しそうな笑い声を上げる。毛を逆立ててシャーッと威嚇する黒猫と、猫パンチをくらってもめげず、尻尾を振って黒猫にじゃれかかる銀色の大型犬を想像してしまい、リゼットは思わず頬をゆるめた。

「旦那様。一緒に回るくらいなら……」

いいのではないでしょうか、と言いかけたリゼットだったが、「リゼット、甘やかしてはいけない」と、珍しくきっぱりと言われて口を噤んだ。

アルベールは頑として同行を承諾せず、一方のイェレミアスも引き下がらず、結局、リゼットとアルベールのデートに勝手にイェレミアスがついてくる格好で、三人での散策が始まったのだった。

リゼットの右隣にはアルベール。イェレミアスはリゼットの左隣を歩き、二人の行く先についてきては、当然のような顔で会話に交ざる。リゼットが屋台で焼き菓子を買えば、自分も食べてみたいと目を輝かせる。持ち合わせがないと言うイェレミアスのために、アルベールが渋い顔で支払いをする。

そんな調子で三人で市を回るうち、イェレミアスは気になる店を見つけたらしい。「あそこ、行ってみようよ」と言って、リゼットはイェレミアスの後ろ姿と、アルベールの憮然《ぶぜん》とした顔を見比べる。

「えっと、どうしましょう……？」

「……仕方ない……」

アルベールは大きなため息をつきながら、リゼットと共にイェレミアスの後を追った。なんだかんだ言いながらも、イェレミアスの存在を受け入れつつあるらしい。

イェレミアスが立ち止まったのは小さな雑貨屋だった。台の上に並ぶ商品を見て、リゼットは思わず「まぁ」と声を弾ませた。

所狭しと並ぶのは、動物をモチーフにした小物だった。木彫りの置物、絵付けがされた陶器の容《い》れ物《もの》、刺繍《ししゅう》の施されたポーチ、アクセサリー。何に使うのかわからない物もある。モチーフとなった動物も、猫、犬、フクロウ、小鳥、ウサギ、カエルなど様々だ。

イェレミアスが熱心に見ているのは狼《おおかみ》をかたどった木彫りの置物のようだ。「うん、なかなか格好いいね」と興味深そうにうなずいている。

リゼットが心惹《ひ》かれたのはもちろん猫モチーフの小物である。

「これ、可愛い。あ、これも！」

あれこれ手に取って眺めるうちに、ちょこんと座り小首をかしげた猫の置物と目が合った。滑らかな曲線が美しく、大きな目に愛嬌《あいきょう》がある。鈍く輝く猫は銅製らしく、小さいわりにずっしりと重い。

かなり古いもののようで、よく見れば小さな傷が無数についているが、それもまた味わい深く思えた。

ふと裏返して底を見ると、見慣れない文字列が刻まれていた。グランデ王国の文字と似ているようで、少し違っている。

「……これは何と書いてあるのでしょう？」

店主に尋ねたが、店主はさぁと首をかしげるばかりだ。

「どれ？」

横からアルベールがのぞき込む。一目見るなり、「ああ、これは古代文字だな」とうなずいた。

「旦那様は古代文字もおわかりになるのですか？」

リゼットは尊敬に目を輝かせる。古代文字というのは、このグランデ王国で五百年以上前に使われていた文字のことだ。歴史や考古学の研究者ならいざ知らず、教養として身につける者はあまりいない。

「ああ、古い文献にあたるために習得したんだ」

なるほど、とリゼットは納得する。猫の呪いを解くためにアルベールが集めた膨大な蔵書。その中には古代文字で記されたものもあるのだろう。

「傷がついていて少し読みづらいが……」

アルベールが文字列を指でなぞる。

「あなたの幸せ……いや、『幸福をあなたに』だな」

リゼットはハッとアルベールの顔を見て、それから手の中の猫の置物に視線を戻した。

「幸せを呼ぶ猫さん……」

猫の丸い頭を指先でそっと撫でる。大きく描かれた目が、まるでリゼットに笑いかけているように思えた。

「気に入ったのなら買おう。今日の街歩きの記念に」

「はい、ぜひ！」

猫の置物を両手で胸に抱いてアルベールに微笑みかけると、アルベールからも穏やかな微笑みが返ってきた。

「ふぅん、お守りのようだね」

アルベールと反対側から、イェレミアスがリゼットの手の中をのぞき込む。割って入られたアルベールはむっと眉を寄せたが、そんなイェレミアスの言動にも慣れてしまったらしく、文句を言うことまではしなかった。

「私の国では狼を神の遣いとして神聖視していてね、狼は縁起物で定番のモチーフなんだ。この国では猫がそうなんじゃない？」

「猫さんが女神様の遣いだなんて、聞いたことがありませんが……」

リゼットが首をかしげると、アルベールも小さくうなずく。

「大昔はそうだった、とかね。この置物もかなり古いもののようだし」

「……確かに古い時代に書かれた神話には、猫が時々出てくるな……」

目を伏せて思考に耽《ふけ》りかけたアルベールを現実に引き戻したのは、イェレミアスとリゼットのやり取りだった。

「そんなことよりさ、もしかしてリゼットは猫派なの？」

「はい！　私、子どもの頃から猫さんが大好きなのです！」

「そっかぁ。犬はどう？　犬だって可愛いでしょ？」

ちなみに私は犬派だよ、と言うイェレミアスの手には狼らしき置物が握られている。

「犬、ですか……」

リゼットは小さく首をかしげて言葉を選ぶ。

「犬も可愛いとは思うのですが、身近に犬がいたことがないのであまり馴染《なじ》みがなくて……」

そう答えると、イェレミアスは大げさに残念そうな表情を浮かべた。

「犬の素晴らしさを知らないなんて、人生損してるよ！　犬と触れ合えば、リゼットだって絶対に好きになるに違いないのに！　あんなに賢くて愛情深くて頼りになる生き物はいないよ。試しに想像してみてよ。大きな白銀の犬……そのふかふかの背に跨《また》がって草原を駆ける心地よさ……」

「ふかふかの背中……」

「寝そべったお腹に寄りかかると、もふもふの毛皮に全身を包まれて……」

「もふもふのお腹……ふふ……」

目を閉じて想像するリゼットの口元が思わずゆるむ。

「私の国に来てくれればいつでも体験させてあげるよ。どう？　今度の会議が終わったら私の国に来ない？」

「行かせるわけがないだろう。……リゼット、惑わされないでくれ」

ぐいと腰を引き寄せられ、リゼットはハッと我に返る。不安そうにわずかに眉を下げるアルベールに気づき、ふるふると首を振って犬の妄想を頭の外に追いやった。

「イエレミアス様、申し訳ないのですが、やっぱり私の最愛は猫さんなので！」

キリッと宣言すると、イエレミアスは「えぇ～」と眉を下げた。

『あーあ、アルベールが羨ましいよ。こんなに素晴らしい番《つがい》がそばにいてくれるなんてさ』

突然イエレミアスの言葉が聞き取れなくなり、リゼットはきょとんと目を瞬いた。

メーツァ王国の言葉に反応したのはアルベールだった。憮然とした面持ちで、こちらもメーツァ語で答える。

『おかしな呼び方、やめていただけますか』

『だって番は番でしょ。いいなぁ、三ケ月前に会ったときは番の匂いなんてしなかったのに……。あ、そうだ。ものは相談なんだけどさ、リゼットを私に譲ってくれない？　もし譲ってくれるなら、例の鉱山の権利、こちらが大幅に譲歩してもいいよ』

『は？　タチの悪い冗談を……。譲るわけがないでしょう。たとえ鉱山の権利を全て渡すと言われても、リゼットは譲らない』

『ははっ、まぁそうだよねぇ。リゼットにはそれだけの価値があるんだものね。あーあ、仕方ない。残念だけど今回は引き下がるとするよ。君から無理に番を奪い取るのは悪いしね。こう見えて私は、アルベールのことも気に入っているんだ』

『……全くそうは思えませんが』

『本当さ。だって私と君はよく似ているからね』

『は。どこが。むしろ正反対では』

『そんな嫌そうな顔しないでよ。ほら、歳も近いし、国の第三王子という立場も同じでしょ。語学が得意なのも一緒だし、他にも色々と、ね……。三ヶ月前に初めて会ったときも、君とじっくり話してみたいと思っていたのに、ちっとも隙を見せてくれないんだもの。この三ヶ月でずいぶん雰囲気が変わったのは、やっぱり彼女のおかげなのかな？』

揃ってリゼットに目をやった二人は、キラキラと目を輝かせてアルベールを見つめるリゼットに気がついた。

「今お二人が話されていたの、メーツァ語ですよね？　旦那様が外国の言葉でお話しされているところ、初めて見ました！」

「そういえばそうだったか……？」

リゼットの反応が予想外だったのだろう、アルベールが目を瞬く。

「はい、初めてです。すごく……すごく格好良かったです！」

興奮に頬を染めて告げると、アルベールは「うっ」と呻《うめ》いて片手で口元を覆い、視線を逸らした。

「……そうか。ありがとう」

　ぼそりと呟くアルベールの目元は赤く染まっている。イェレミアスが苦笑した。

「あーあ、見せつけられちゃったなぁ。よーくわかったよ、リゼットが猫派だってことはね」

　それからイェレミアスは空を見上げると、「名残惜しいけど、そろそろ宿に戻る時間だな」と呟いた。

「それじゃ、次は王城で会えるのを楽しみにしているよ、アルベール」

　イェレミアスはアルベールの手を握ってぶんぶんと振ってから、「リゼットに会えるのもね」と片目を瞑ってみせた。

「今は猫派でも、そのうち気が変わるかもしれないしね」

　素早くリゼットの手の甲に口づけを落としたイェレミアスは、アルベールに文句を言う間も与えず身を翻した。

　軽快に去っていく後ろ姿が見えなくなってから、二人もまた、トマの待つ馬車に向かって歩き始めた。ヌーベル川沿いの道を歩くアルベールの口から、深いため息がもれる。

「明後日から一週間、毎日イェレミアスの相手をするのか……」

「……個性的な方でしたね」

「ああ……」

　答えるアルベールの声には疲れが滲《にじ》んでいる。

「……リゼット、やはり王城に行くのはやめにしないか？　心配すぎる」

「でも今になって予定を変更すると、皆様にご迷惑がかかりますし……。大丈夫ですよ。私、絶対に犬派に寝返ったりなんてしませんから！」

きっと犬も素晴らしいのだろうけど、やっぱりリゼットにとって一番愛《いと》おしいのは猫なのだ。それは生涯変わることがないような気がしている。

アルベールに買ってもらった猫の置物を手に力強く宣言すると、アルベールが小さな笑みをこぼした。

「……うん、信じてる」

アルベールとつないだ右手に、きゅっと力を込める。左手の中には猫の置物。その底に刻まれた文字を、指先でそっと撫でた。『幸福をあなたに』。

（幸福。私にとってそれは……）

密かに一つ深呼吸してから、リゼットは口を開いた。

「……あのね、旦那様」

アルベールが目線で先を促してくる。夕暮れ時の涼やかな風が、音もなくリゼットの髪を揺らす。ヌーベル川の水面が夕日を弾いてキラキラと輝く。

「私……猫さんのことが大好きで、どんな猫さんも大好きなんですけど……一番私を幸せにしてくれるのは、アル、アルなんです」

アルベールの歩みが止まる。リゼットもまた足を止め、まっすぐにアルベールを見上げた。

「私、旦那様がアルだと知らなかったときから旦那様のこと、す、好きでしたけど、アルだと知ってからはもっともっと大好きになったんです。だから……」

緊張で鼓動が速くなるのを感じながら、リゼットは思い切って言葉を続ける。置物の猫に勇気を貰って。

「私にとって旦那様のその体質は、呪いなんかじゃないんです。幸せそのものなんです」

ずっと伝えたかった。そのままのあなたが、誰よりも愛おしいのだと。

「旦那様のお気持ちとは、違うかもしれませんけど……」

思わずうつむいたリゼットの頬を、アルベールの大きな手の平が包んだ。おそるおそる顔を上げると、アルベールが真剣な眼差しをリゼットに向けていた。

「……物心ついたときからずっと、俺は自分のこの体質が疎ましかった。周囲はこれを『呪い』と呼んだし、俺もそう思っていた。この体質が嫌いで、黒猫の自分も嫌いで……どうにかしたいと足掻《あが》いてみたが、どんなに探しても呪いを解く方法は見つからなかった。そして、そのうち全てを諦めた……」

リゼットは無言でうなずく。嫁いだばかりのリゼットに、「愛することはできない」と告げたアルベール。きっと、愛し愛されることすら諦めていたのだろう。

「だけどそんな気持ちは、リゼットと接するうちに変わっていった。……君のことだけはどうしても諦められないと、そう思ってしまったんだ」

するりと頬を撫でた手が、リゼットの髪を一房掬《すく》い取る。愛おしげに唇を寄せてから、アルベールは柔らかな微笑みでリゼットを見つめた。

「今はこの体質も、そんなに嫌いじゃないんだ。おかげでリゼットと夫婦になれた。それに、君を幸せな気持ちにできるなら、黒猫姿も悪くないと……。君がいなければ、こんなふうには思えなかった。ありがとうリゼット、俺と出逢ってくれて。ありのままの俺を受け入れてくれて」

アルベールにそっと引き寄せられ、額に優しい口づけが落とされる。

「旦那様、私も……」

胸がいっぱいで、それ以上言葉にならなくて、リゼットは潤んだ瞳でアルベールを見上げた。蕩《とろ》けるような金の瞳と視線が絡む。その金の瞳は真っ赤な夕日に照らされ、キラキラと輝いていて――。

リゼットはハッと息をのんだ。

「旦那様、たいへん！　お日様が沈みそうです！」

アルベールがサッと顔色を変えた。

「まずい！　すまないがリゼット、馬車まで走れるか⁉」

「はい！」

こんな人目のある場所で黒猫に変じるわけにはいかない。黒猫姿を受け入れたと言っても、それとこれとは話が別なのだ。

二人で手をつなぎ、川沿いの道をひた走る。終盤、息が上がったリゼットをアルベールが横抱きにしてさらに走り、バタバタと公爵家の馬車に乗り込んだのは日が沈む寸前だった。

馬車の座席にぐったりと体を沈め、アルベールが荒い呼吸を繰り返す。

「す、すみません、結局運んでもらってしまって……」

「……いや、問題、ない。間に合って、良か――」

その瞬間、アルベールの全身が白い光に包まれた。その光が収まったとき、アルベールのいた場所には男物の衣服がくたりと落ち、その中心にしょんぼりとヒゲを垂れた黒猫の姿があった。

「ニャン……」

情けない声が黒猫の口から漏れる。両手を伸ばし、耳もヒゲもしょんぼりと垂れた小さな体を抱き上げた。ふわふわで温かな感触に、愛おしさがこみ上げる。

「私も同じなんですよ」

そう言うと、黒猫が真ん丸な目でリゼットを見上げた。

「旦那様と出逢えたおかげで、自分のことを好きになれたんです。私の方こそありがとうございます」

微笑むと、黒猫が応えるように「にゃん」と鳴いた。長い尻尾が嬉しそうに揺れる。

「愛しています、旦那様」

めいっぱいの想《おも》いを込めて、リゼットは世界で一番愛しい黒猫の額に口づけた。

あとがき

はじめまして、中村くららと申します。

この度は、『君を愛することはできないと言われたので猫を愛でることにしました黒猫さんをもふもふしていたら、あら？　旦那様のご様子が…？』を手に取っていただきありがとうございます。

本作は元々、小説投稿サイト「小説家になろう」に投稿した作品です。ありがたいことに、第二回アイリス異世界ファンタジー大賞にて金賞を受賞し、書籍化していただけることになりました。アイリスNEOのコンテストには、リニューアル前も含めて何度も挑戦していましたので、こうして受賞することができ、憧れのアイリスNEOから本を出していただくことができて、本当に光栄に感じています。

このお話は、「猫ちゃんもふもふしたーい！」という私の願望から生まれました。昔実家では猫を飼っていたのですが、今は賃貸暮らしで飼うことができず、猫とのふれあいに飢えているのです。それと私、序盤でクールにヒロインを突き放したヒーてロー（黒髪だとなお良し）がヒロインにメロメロに惚れちゃうお話が大好きでして……。この二つの要素を合体させた結果、本作が誕生しました。

ヒロインのリゼットは真面目で気遣いのできる心優しい女性ですが、家族や元婚約者から軽んじられてきたために自己肯定感が低めです。結婚に夢見る気持ちも失っており、王命により結婚したアルベールから初対面で「君を愛することはできない」と宣言されても、淡々と受け入れてしまいます。

そんなリゼットですが、大好きな猫のことになると人が変わったようにいきいきと目を輝かせます。夜ごと訪れる黒猫を相手にするときも気遣いは忘れず、初めは優しく、次第に大胆にもふもふし、黒猫との生活を満喫するようになります。そんなリゼットに、アルベールも絆されていき……というお話です。

幸せそうに黒猫をもふもふするリゼットと、そんなリゼットの魅惑の手技に翻弄される黒猫は、書いていて本当に楽しかったです。ありがたいことにウェブ投稿中も、読んでくださった猫好きの読者のみなさまから楽しい感想をたくさんちょうだいすることができました。感想欄でのやり取りがきっかけで新たに妄想が膨らみ、追加エピソードを書いてはまた嬉しい感想をいただくという、本当に幸せな執筆体験をさせていただきました。

書籍化にあたり、大幅な加筆を行いました。ウェブ掲載時にはテンポの良さを重視して省略していたエピソードを複数追加し、元々三万字ほどしかなかった本編は倍以上のボリュームになっています。すれ違いのハラハラ、両片想いのじれじれ、気持ちが通じ合ってからの甘々。どれも大増量になっている……と、自分では思っています。

また、ウェブで掲載していた番外編も全て、アレンジを加えた上で収録していただいています。書き下ろし番外編は、「リゼットとアルベールの街角デート～やきもちを添えて」というテーマで書きました。この二人、放っておくとひたすら家の中でイチャイチャもふもふしてしまうので、たまには外に連れ出さなければと思いまして……。楽しんでいただけましたら幸いです。

とっても素敵なイラストは、まち先生にご担当いただきました。カバーもカラーピンナップも挿絵もどれも素晴らしくて、確認のために送っていただくたびに大興奮していました。まち先生にイラストを描いていただけて本当に幸せです。最高のイラストをどうもありがとうございました。

このお話が書籍として世に出るまでに、たくさんの方にお力添えをいただきました。遅筆な私に辛抱強く付き合い、一緒に作品に向き合ってくれた担当様をはじめ、制作に関わってくださった全ての方に感謝申し上げます。

また、ウェブ投稿時から応援してくださった読者のみなさま、執筆時間確保に協力してくれた夫をはじめとする家族、取材と称する猫カフェ行きに付き合ってくれた友人、そして「小説家になろう」への投稿を始めた五年半前、「また小説書きたいって言ってたよね？　書いてみたら」と、二十年ぶりに小説を書くきっかけを与えてくれた恩師のＩ先生。誰が欠けてもここまで辿り着くことはできなかったと思います。本当にありがとうございました。

世の中には素敵な本や物語が溢れています。そんな中、本作を手に取ってくださった全てに方に心より御礼申し上げます。読んでくださった方の日常に、ほんのひとしずくでも潤いを与えることができたなら、作者としてこれほど嬉しいことはありません。

またお目にかかれることを願って、もっともっと面白いお話を紡げるよう、これからも精進してまいります。

中村くらら

君《きみ》を愛《あい》することはできないと言《い》われたので猫《ねこ》を愛《め》でることにしました
黒猫《くろねこ》さんをもふもふしていたら、あら？　旦那様《だんなさま》のご様子《ようす》が…？

2024年10月5日　初版発行

初出……「君を愛することはできないと言われたので猫を愛でることにしました。
～黒猫さんをもふもふしていたら、あら？　旦那様のご様子が…？」
小説投稿サイト「小説家になろう」で掲載

著者　中村くらら

イラスト　まち

発行者　野内雅宏

発行所　株式会社一迅社
〒160-0022 東京都新宿区新宿3-1-13 京王新宿追分ビル5F
電話　03-5312-7432（編集）
電話　03-5312-6150（販売）
発売元：株式会社講談社（講談社・一迅社）

印刷所・製本　大日本印刷株式会社
ＤＴＰ　株式会社三協美術

装幀　世古口敦志・丸山えりさ（coil）

ISBN978-4-7580-9678-2

おたよりの宛て先

〒160-0022 東京都新宿区新宿3-1-13 京王新宿追分ビル5F
株式会社一迅社　ノベル編集部
中村《なかむら》くらら 先生・まち 先生